NK INK INK INK INK INK IN
K INK INK INK INK INK INK
NK INK INK INK INK INK IN
K INK INK INK INK INK INK
NK INK INK INK INK INK IN
K INK INK INK INK INK INK
NK INK INK INK INK INK IN
K INK INK INK INK INK INK
NK INK INK INK INK INK IN
K INK INK INK INK INK INK
NK INK INK INK INK INK IN
K INK INK INK INK INK INK
NK INK INK INK INK INK IN
K INK INK INK INK INK INK
NK INK INK INK INK INK IN
K INK INK INK INK INK INK
NK INK INK INK INK INK IN
K INK INK INK INK INK INK
NK INK INK INK INK INK IN
K INK INK INK INK INK INK
NK INK INK INK INK INK IN
K INK INK INK INK INK INK

INK INK INK INK INK INK IN
K INK INK INK INK INK INK
INK INK INK INK INK INK IN
K INK INK INK INK INK INK
INK INK INK INK INK INK IN
K INK INK INK INK INK INK
INK INK INK INK INK INK IN
K INK INK INK INK INK INK
INK INK INK INK INK INK IN
K INK INK INK INK INK INK
INK INK INK INK INK INK IN
K INK INK INK INK INK INK
INK INK INK INK INK INK IN
K INK INK INK INK INK INK
INK INK INK INK INK INK IN
K INK INK INK INK INK INK
INK INK INK INK INK INK IN
K INK INK INK INK INK INK
INK INK INK INK INK INK IN
K INK INK INK INK INK INK
INK INK INK INK INK INK IN
K INK INK INK INK INK INK
INK INK INK INK INK INK IN
K INK INK INK INK INK INK

DEATH CAN BE CURE

死亡也可以治療

羅傑・多布森
Roger Dobson

潘震澤 譯

目錄

〔導讀〕

想像是創造之母

潘震澤

假說之必要

愛因斯坦曾經說過：「西方科學的發展，根據的是兩項了不起的成就，其中之一是古希臘哲學家發明了嚴謹的形式邏輯系統（以歐基里德幾何學的形式），另外一個則是文藝復興時期的人，發現了使用系統化的實驗方法，來找出事物因果關係的可能性。」這句話說得再好不過，明確指出科學進步講究的是方法，無論觀察、記錄、歸納、推論以及驗證等都是，缺一不可。

然而在科學方法中，有一項經常遭人忽視的要素，就是假說（hypothesis）的建立。這一點不要說一般人可能想不到，不少從事科學研究的人，也不見得清楚。假說對於研究的重要性，一如方向盤之於交通工具；設計實驗時，若沒有個「作業假說」（working hypothesis）爲指針，就如同無舵之船，在汪洋中飄蕩，不知目的何在，更有可能做了一堆虛功而無所獲。

以生物醫學研究而言，許多形態學與生化學方面的研究，在於決定生物巨觀以及微觀層面的構造，屬於「發現推動型研究」（discovery-driven research）；晚近流行的基因組、蛋白質組研究，更是這方面研究的極致，以定出數以萬計的基因及蛋白質構造爲目的，並自詡爲「大科學」（big science）。

而另一種類型的研究，則屬於「假說推動型」（hypothesis-driven）。研究人員在實驗進行之初，會就現有知識先建立假說；至於實驗的目的，則在於找出支持或推翻假說的證據。較爲傳統的生理學研究，多屬於這一類型，許多生物運作的機制，也賴以建立。

這兩種研究類型，其實是互爲表裡、相輔相成的，無所謂孰優孰劣；只不過由於基因組計畫的成功，讓許多人誤以爲把生物的組成都搞清楚了，對生物運作的了解也就水到渠成，而忘了假說的重要。眞正完整的研究，必定是兩種形式並存的。譬如研究初期，多以觀察記錄等資料收集爲主，屬於「發現推動型」；之後尋求現象解釋和機制釐清的研究，則屬於「假說推動型」。

假說的建立，通常只是研究的第一步，後續的驗證才是更重要的。但俗話說：「好的開始就是成功的一半」，所謂好的假說，通常是在適當的時候問了正確的問題，驗證起來事半功倍。反之，不夠好的假說要麼立論不盡合理，不然就是理論雖好，但難以驗證，都無法取得答案。

《醫學假說》期刊

絕大多數的學術期刊，都只接受完整的研究報告，也就是說，除了提出假說外，還必須包括驗證的部分。甚至實驗得出負面結果的報告，也不討好，經常遭到退稿。因此，現有的學術傳統講究實事求是，並不鼓勵天馬行空式的想像力，也不大支持負面的實驗結果。

對競爭激烈、講求成效的學術界而言，務實的好處顯而易見，做研究自然是以不好高騖遠、腳踏實地來得保險。但事情總有正反兩面，過於保守的學術傳統，必然也阻礙了想像與創新，因此，也才有《醫學假說》（*Medical Hypotheses*）這樣一本期刊的出現。

於一九七六年創刊的《醫學假說》與一般學術期刊最大的不同點，就在於它鼓勵作者發揮想像力，對各種醫學問題提出可能的解釋；只要文章言之成理或有些許證據存在，就可接受發表，而不要求嚴謹的實驗佐證。可想而知，《醫學假說》在當初可是被正統醫學視爲離經叛道的一份期刊，其創刊人兼主編侯洛賓（David F. Horrobin, 1939～2003）也是具爭議性及正反評價並存的人物（注一）。

多采多姿的假說

讀者手上的這本小書《死亡也可以治療》，就是三十多年來發表在《醫學假說》的文章選集，共一百則。單從文章標題，可以看出其中想像力之豐富，譬如說：〈胖子眞的比較快樂〉、〈矮子拯救世界〉、〈爲什麼要有下巴〉及〈反社會病態是必要之惡〉等；還有些更離譜的，像〈胎記是轉世的證據〉、〈保險套會增加罹患乳癌風險〉、〈電動打字機可致乳癌〉以及〈死亡也可以治療〉等。

這些假說聽起來讓人匪夷所思，但或多或少都有一些根據，並非無的放矢。有的假說試圖解釋歷史疑案，但因當事人早已死無對證，只有從文字紀錄爬梳；有的則牽涉到人類的演化過往，由於真相難以還原，也只能靠地質與化石證據推論。

還有一大類假說，與人體各種毛病的成因與治療有關；小至打嗝、便祕，大至癌症、愛滋病等，都有人提出各式各樣的假說。其中最常用來當作支持證據的，是流行病學的調查數據：好比某時某地某個族群的飲食生活習慣，與某個疾病盛行率之間，可能有相關；或是某項新產品的發明問世，與某個疾病的發病率增加，正好同步發生等。

看待假說的態度

以懷疑論者自詡的人（包括筆者在內），難免會指出上述的相關說法可能犯了邏輯謬誤：先後或同時發生的兩件事，不見得一定就有相關。我對書中好些假說，像〈胎記是轉世的證據〉、〈幻聽可能救你一命〉、〈肥皂引發心臟病〉以及〈死亡也可以治療〉等幾則，雖不至於嗤之以鼻，但也絕不看好。餘如〈皮鞋可以治病〉、〈磁鐵能讓你變高〉、〈海藻可預防愛滋病〉以及〈高壓電線讓人得抑鬱症〉等幾則，信心也不高。

不過，正如《醫學假說》的創刊宗旨：「鼓勵創新的想法，就算事後證明有誤，也一樣予以發表」，因此，在這樣的前提下，我們大可放輕鬆些，欣賞這些平常難得聽聞的奇思妙想。當然，盡信書不如無書，書中某些疾病的預防與治療之道，可供我們參考，不必照單全收，適當的保留與質疑還是有必要的。

本書收錄了一百條假說，分成十輯，其中有一輯談的都是太陽及月亮對人的情緒、壽命以及生病的影響。這些假說中的作用機制都與星相學無關，而與太陽黑子、紫外線、月球引力、光週期長短等因素有關。看來人出生的季節與地點（緯度），對於人的體質與性格確實可能有些影響；歸根究柢，人可是環境的產物。星相學家對於人性的歸納整理會有幾分眞確，並不讓人奇怪，問題是他們提出的解釋（或循環解釋），無從驗證。

還有幾則趣味性多於實用性的假說，可博讀者一粲。譬如「晚上大便有助減肥」，理由是白天多攜帶一些糞便的重量在身上，可多消耗些能量；還有「矮子拯救世界」，因爲他們消耗的地球資源較少。此外還有一些實用的建議，譬如「嘔吐反射可治打嗝」（注二）、「刺激龜頭可治便祕」，以及「嚼腰果可治牙疼」等，有需要的讀者不妨一試，就算無效也無壞處。

假說與演化論

本書行文，「假說」常與「理論」（theory）並用，這一點與中文的用法也相同；所謂理論，一般指的是還沒有得到證實的假設性說法。有人以此做文章，說「演化論還只是個理論罷了」，言下之意，是說演化還沒有得到證實，所以不可盡信。

但這些人有所不知，一如相對論，演化論早已不只是個理論了，而有堅實的實證基礎。就拿本書的假說爲例，其中有許多的立論基礎，就是以天擇（包括人擇）爲本的演化論。好比說「下巴是爲了語言而演化出來的」、「耳屎是人類水生遠祖的遺跡」、「幽默感有助存活」，以及「反社會病態是必要之惡」等。如果說演化還只是個理論（假說），那麼用假說來支持假說，就說不過去了。

追究事物本源的好奇心及能力，可說是人類所特有，其中尤以對自身的運作爲最；同時，人更喜歡對未知現象提出猜測性的解釋，以求心靈的平靜與滿足，就算所提解釋與學理不盡相符，也不影響其信念。閱讀《死亡也可以治療》當中一百則醫學假說，將不只給讀者帶來知性的滿足，還可能一解多年以來的謎團，同時其中充滿娛樂性及話題性，絕對是愉快的閱讀經驗。

注一：侯洛賓畢業於英國牛津大學醫學院，並取得生理學博士學位。他於三十歲那年當完住院醫師後不久，就到非洲肯亞國立奈洛比醫學院生理系擔任教授兼主任；三年後，他回到英國新堡大學生理系擔任高級講師（Reader，相當於副教授）；再三年，他又跳槽加拿大蒙特婁大學擔任醫學系主任。侯洛賓對營養學特別感興趣，尤其是脂肪酸對身體細胞（尤其是神經細胞）的功效，因此他於四年後離開學術界，自己成立製藥公司，並因此致富。此外，他還與兄弟成立過一家出版社，自己兼任發行人及作者，出版了幾十本書，並創立了兩份期刊，《醫學假說》是為其中之一。

改行製藥也給侯洛賓帶來更大的爭議，因為他所推銷的 γ 次亞麻油酸（gammalinolenic acid）以及富含這種脂肪酸的月見草，是否有他所認定的功效，尚未得到正統醫學的認可。甚至《大英醫學期刊》（*British Medical Journal*）刊登的侯洛賓訃聞中，對此還提出質疑，打破了「為死者諱」的訃文傳統，事後編輯也為此致歉。該訃聞可見下列網頁：http://bmj.bmjjournals.com/cgi/content/full/326/7394/885?ck=nck

注二：在此我也想從生理學家的觀點，提供個人治療打嗝的「祕方」。

打嗝是控制橫膈的膈神經出現週期性自發放電，引起橫膈的突發性收縮及放鬆，使得胸腔體積於瞬間改變（先變大後縮小），造成空氣在連接肺臟與外界之間的氣管進出；但因控制喉頭開口的會厭軟骨並沒有同步開啓，以至於空氣的進出受阻，而造成「呃」的一聲。

橫膈屬於可由意志控制的骨骼肌，它雖然位於胸腹之間，但在發育之初源自頸部組織，逐漸下降至心肺下方、胃肝上方的位置；至於控制橫膈的膈神經也是從頸椎脊髓發出，一路往下走到橫膈。因此，控制喉部會厭軟骨移動及食道上方肌肉的神經細胞，與膈神經的細胞本體，都位於頸椎的脊髓部位，彼此之間也互有聯繫。

很多人都曉得喝水或吃東西可以治療打嗝，但不知原理何在，以至於操作不得法，喝了一肚子水也未必見效。其實重點不在於喝了多少水，而在於利用飲水引起的吞嚥反射，藉由活化控制喉部會厭軟骨及食道移動的運動神經細胞，連帶壓抑了控制膈神經的神經細胞。問題是單單一兩次的吞嚥動作所引起的壓制作用並不夠，打嗝者得在短時間內主動引起連續十來次左右的吞嚥動作才有效。由於吞嚥動作是一種反射，可由推到舌頭後方的食物或水給引發；要是口裡沒有東西，光靠吞口水是很難引起連續吞嚥動作的（讀者不信可以試試）。但一口氣喝一大杯水也不見得有效，因為由此引起的吞嚥動作有限。正確的做法是含一口水在嘴裡，分四、五次吞下，然後再重複個一兩回，即可奏效。如此一來，只要喝上一小杯水（甚至一兩口水）就能達到效果，比起不怎麼舒服的嘔吐反射來，以吞嚥反射抑制打嗝絕對是更好的選擇。

［引言］

起死回生不是夢

當外科消毒之父約瑟夫・李施德首次提出，外科醫生在給病人動手術前，應戴上乾淨手套及用石炭酸洗手，許多同行都嗤之以鼻。

畢竟，當時的人相信細菌會突然出現，是由於自然發生所致，而化膿對傷口復原也是必要的過程。只不過問題出在：沒有多少人有時間讓傷口復原，因爲在那個年代，有將近一半的手術病人不治身亡。

但就在大約一百年前，在李施德開始以石炭酸液噴灑他的雙手、手術器械以及病人之後，幾乎在一夜間，手術死亡率就從常見的四十％到六十％，降到了十五％。隨著半信半疑的同事追隨他的做法，醫院的死亡風險也顯著下降了。

李施德不是唯一必須面對安於現狀者的反對、愚昧以及冷漠的醫學創新者。當亞歷山大・弗萊明發現青黴菌可以殺死細菌時，也沒有人馬上領悟該發現的重要性。十七世紀初的威廉・哈維提出：「血液是在體內的封閉管道中循環」，那可是石破天驚的發現，但哈維自己寫道：「這個想法太新潮了，我不只擔心有少數人會因嫉妒而加害於我，我更擔心與整個人類社會爲敵。」愛德華・金納發明疫苗接種，幫忙消除了天花，並使千百萬人免受從水痘到破傷風等各種疾病所苦，但他也受到過同樣的抵制。

當然啦，還有無數一心想創新的研究者，他們所提出的想法與理論經檢驗後發現有所缺失，早已被摒棄一旁。我們面對的難題是：如何分辨什麼是可能及可行的想法，什麼又是不實及注定失敗的念頭。

理想的情況是：有個公開討論的平台，可讓有原創精神的思想家及革新家提出他們的最新想法、理論以及創意。這些新意一旦公開讓同行曉得，也就可以接受辯難，逐漸發展、精煉以及進步；或就某些想法而言，在這個過程中遭到淘汰。

這正是英國期刊《醫學假說》的目的。這本獨特的學術期刊與一般期刊很不同，它鼓勵有創新想法的作者跳出窠臼，不要受一般學術界及臨床界嚴謹規範的限制，要想人所不敢想，並發表出來。

這本期刊背後的理念很簡單：具有原創想法的人應該要有機會發聲，至於他們的理論將來是成是敗，自然會由自身的科學價值來決定。

《醫學假說》總編輯、英國新堡大學演化精神醫學副教授布魯斯・查爾頓說：「任何想法都有權利以假說方式發表，然後讓這些想法找到自己的位置。科學的運作過程會把行不通的給推翻，讓通過考驗的留下來。這本期刊的創刊總編輯大衛・侯洛賓是個了不起的人，他認爲在某方面來說，科學過於小心謹愼，把一些推測性的想法給封殺了；因爲跟謹愼的想法比起來，推測性想法比較不可能是眞的。這是沒錯，但那並不代表這些想法就不應該發表。」

投稿給這本期刊的作者，包括英國及全球一流大學與研究機構的學者，以及全球各地醫院及實驗室的醫生與科學家；他們爲成千上萬的醫學及科學奧祕，提供了可能的答案。科學與醫學領域中一些最迫切問題的可能解答，從生命的起源、死亡的奧祕，到各式各樣疾病與失調的藥方及療法，盡皆在此。

成果則是包羅萬有、集合了各種理論、療法、解答以及解釋的大雜燴，有時讀起來或許怪異，但絕不枯燥。有誰會想到乳癌可能與來自狗的傳染有關、癌症可能由傳染所引起、面皰並不是什麼疾病？誰又會想到精神分裂症的起源，可能與一千年前人類開始穿起鞋子、使足部神經受到影響有關；而糖尿病可能是在小冰河時期人類爲了保護自己演化出來的？

有些問題曾經困擾了最偉大的智者，本書也提供了新的答案。譬如說，我們爲什麼要有下巴？人類爲什麼體表無毛？嬰兒爲什麼都喜歡吸吮？還有，到底爲什麼我們會有幽默感？

有些研究者的理論幾乎是在意外情況下得出，好比有一批醫生發現他們的病人之所以突然生產，是因爲這些孕婦搭乘電梯前往手術室時，子宮受到了重力影響。話說回來，許多重要醫學發現也都是意外得出的，例如克勞福・朗在一八四二年想到手術時可以使用麻醉劑，主要是他在一次宴會中曾吸入乙醚，然後不小心傷到自己卻不覺得痛。

有大批研究者把注意力放在尋求疾病的成因，其中許多人使用了流行病學的數據；這類數據或可建立起疾病與某些事物的關聯，卻不一定能確定肇因。不過流行病學家的研究，卻是一些最重要醫學研究的基石。

已故的理查・多爾爵士是他那一代最偉大的流行病學家，也是最早提出抽菸跟身體出問題以及早逝有關的人。他和同事深具開創性的研究，確立了生病及死亡這兩個生命的重大負擔，禍首就是抽菸；因此展開了禁菸運動，讓數以百萬計男男女女免於早逝的命運。

本書所收錄的研究，大多數都挑戰或顛覆了既有教條，並且幾乎毫無例外，都具有開創性。有些假說讀起來或許逗趣好笑，但每一則都刺激了相關研究人員，以開放的態度看待這些問題。

誠如來自紐約、研究超自然醫學現象的羅伯特・包布羅所言：在醫學與科學的領域裡，開放的態度是絕對必要的。新的理論與新的觀察無法以傳統理論或既有知識解釋，不能說它們就是錯的，只能說還需要更多的研究來證實或駁斥。

包布羅還說：「我們接受地球是圓的，但表面看起來它卻是平的，而且千萬年來大家也都這麼以爲。我們接受收音機、電視與無線電話，是將影像或聲音轉成電磁波，以光速瞬間傳遞，然後再重組並以原貌重現；但我們卻不接受人的思想或感覺，能夠從一個人的腦子發出，傳送至另一個人的腦子，只因爲物理學裡還找不到支持的證據。想想看，現代科技在一百五十年前還是無法想像的事，因此要說我們對宇宙已經完全了解，這想法眞是太天眞了。」

本書收錄的一百則研究，有哪些能夠通過時間的考驗？海藻是否眞能預防愛滋病？波斯灣戰爭症候群其實是因爲對牛肉漢堡過敏所引起的嗎？蛔蟲能否防止心臟病發？起死回生眞的有可能嗎？

可惜，只有時間能回答這一切。現在我們能做的，就是坐下來讀讀這本書，從中得到樂趣；不過最重要的還是，從中獲得刺激與啓發。

輯 1 科學的謎團

幻聽可能救你一命

英國倫敦有位三十來歲的家庭主婦，從來沒有精神或身體方面的病史，有天突然開始不斷聽到一個聲音。那並非什麼魔鬼或天使的聲音，聲音中所傳達的訊息也與宗教、性靈或哲思無關；事實上，那聲音傳達的訊息只有一個：「去做腦部掃描。」

經過轉診，她去看了精神科醫師，做了測驗，醫師開了些抗抑鬱藥給她。那聲音停了一陣子，但很快地又出現了，同先前一樣清楚明確。過了好幾個月，醫生為了讓她安心，終於給她做了腦部掃描。

結果讓她的幾個醫生大吃一驚，掃描顯示她有腦膜瘤，就是在腦部及脊髓外圍的保護膜上長的腫瘤。那顆腫瘤直徑超過二．五公分，後來由外科醫師動手術切除。

手術後，這位婦女從麻醉中清醒過來，那聲音還出現了最後一回，這一次傳達的訊息不同以往，就只有簡單的一句：「再見。」之後那聲音就再也沒出現了。

像這種未能以科學解釋的超自然現象，醫學文獻裡經常有報導。問卷調查也顯示，多數人至少都相信一樁超自然現象，其中尤以心電感應及超感知覺，相信的人最多。

這些超自然現象報導當中，會不會說有些是有根據的？只因為科學尚無法提出解釋，我們就要輕蔑以對嗎？再怎麼說，第一個提出地球是圓的，以及地球不是宇宙中心的人，也曾遭到嘲笑、甚至迫害。

美國紐約州石溪鎮健康科學中心家庭醫學部的羅伯特・包布羅研究了這個問題。他回顧醫學文獻中主要由醫師所提報的超自然案例，其中包括巫術顯靈、遠距治病、幻聽、預測自己的死亡、以為自己是狼的幻覺、在催眠狀態下講出從未學過的外國話，以及好些小孩提及某個已逝陌生人的案例。在這些案例中，醫生都找不出合理的解釋。例如有一個巫術的例子，一位二十八歲的美籍菲律賓裔女子，經檢查得了狼瘡，卻不願意接受劑量逐漸增加的藥物治療，寧可返回家鄉的村莊去找巫醫，巫醫幫她解除了一位求愛不成的追求者在她身上所下的咒；三週後，女子回到美國，病情顯然已經痊癒。

包布羅說，保持開放的態度很重要：「我們不能因現有的科學典範無法解釋，就否定這些現象，只能說還需要進一步的研究。我們接受地球是圓的，但表面看起來它卻是平的，而且千萬年來大家也都這麼以為。我們接受收音機、電視與無線電話，是將影像或聲音轉成電磁波，以光速瞬間傳遞，然後再重組並以原貌重現；但我們卻不接受人的思想或感覺，能夠從一個人的腦子發出，傳送至另一個人的腦子，只因為物理學裡還找不到支持的證據。想想看，現代科技在一百五十年前還是無法想像的事，因此要說我們對宇宙已經完全了解，這想法眞是太天眞了。」

神總在高山上顯靈

摩西在西奈山上看到燃燒的荊棘、聽到神祕的聲音，可能不是什麼神蹟，而是由於在高海拔地方待得太久出現的幻覺。彼得、約翰及雅各這些門徒在山腰間看見耶穌在一片光耀的雲彩間顯現，這也可能是幻覺，由高海拔引起的腦部變化所致。

研究人員指出，主流宗教裡顯靈的報告，與登山者描述的幻覺經驗極爲相似，顯示兩者可能都是由於高海拔對腦部的影響所造成。還有，世上三個主要一神教的創始者：摩西、耶穌以及穆罕默德，都是在山上獲得他們最重要的天啓，這應該不是巧合。

摩西在登上兩千六百公尺高的西奈山時，第一次經驗到神蹟以荊棘燃燒的形式顯現，後來又有三次機會見到希伯來的神。耶穌則在一座山（可能是二八四一公尺高的赫蒙山）的山頂上顯聖，在光耀的雲彩中向彼得、約翰及雅各現身。而根據伊斯蘭教的傳統說法，先知穆罕默德是獨自一人在兩千公尺高的希拉山上時，經由天使長加百列的顯聖取得了可蘭經。

根據這項由日內瓦的大學醫院、耶路撒冷的希伯來大學等好幾個單位所做的研究，這些天啓經驗有許多共通特徵，包括感覺並聽到某種靈體的存在、看見人形及亮光，以及心生恐懼等。研究人員指出，登山者當中也有類似的經驗報告。

17 世紀畫家林布蘭所畫的摩西，
手中舉著上帝頒發的「十誡」法版

摩西受到天啓的西奈山，海拔 2600 公尺，
這樣的高度已足以讓人產生幻覺

曾有登山者描述他們的經驗：感覺或聽到有某種靈體的存在、看到複雜的視覺幻象及發光形體，亦即無從解釋的色彩及強光。還有人報告說經驗到靈魂出竅、焦慮、害怕，以及溫度驟變等。一如宗教的顯靈，這種現象多數是在登山者獨自一人時發生的。

有個理論認爲那是腦中的兩塊區域在作怪：大腦顳葉與頂葉交接處以及前額葉皮質。這兩塊區域都會受高海拔的影響，同時也都與體感覺的改變及神祕經驗有關。

另一個可能性是，長時間待在高海拔地區，特別是一個人的時候，可能導致前額葉失常而失去抑制功能。還有另一個可能是，在高山上獨處的情境本身，就足以對心智造成影響。

研究人員指出，雖然宗教的天啓多在中等高度而非更高的海拔地區發生，但那樣的高度已足夠引起類似經驗。就以高山症來說，有些人在低到中等海拔地區就可能出現症狀。

研究人員說：「這些不同的發現顯示，天啓神祕經驗裡經常有高山的意象，可能與身體功能及神經機制受到干擾有關。根據這些發現，我們認爲身處高海拔地區可能引起天啓經驗，這一點讓我們對於宗教裡的高山意象，可能有進一步的了解。」

胖子眞的比較快樂

多少世紀以來，肥胖總是與快樂連在一起。從聖誕老公公到吹牛騎士，從比利・邦特到班尼・西爾（注），任何看起來吃得過胖的人總是被描寫成風趣、快樂、對生活相當滿意。

大家也都知道，在文學、歌劇以及電影裡，英雄都是瘦子，胖子都很會搞笑；瘦子贏得美人，胖子則贏得笑聲。問題是，眞實世界中也是這樣嗎？胖的人是否眞的就比較快樂？還是說那只是媒體造成的刻板印象？

根據加拿大湖源大學的心理學家所做的研究，快樂胖子的假說確實有可能成立，至少在女性當中如此。研究人員不只找到了關聯，還提出其中的機制：雌激素。他們提出的想法是，體脂肪可保護女性免受負面情緒所苦，換句話說，越胖的女性越不會情緒低落。

這項研究分成兩個部分，研究者將一批年輕婦女的情緒，與她們的「身體質量指數」（BMI，把體重與身高同時列入考慮的度量單位）做比較。他們發現，身體質量指數以及體型越大的人，越少出現抑鬱、焦慮以及負面情緒等症狀。事實上，最憂鬱的婦女都是瘦子，而體型最大的婦女則是最少痛苦的。

研究者並說，從統計上看來，他們在這項研究中所發現的體重和情緒之間的關聯，與已知的壓力和健康之間的關連，同樣顯著。

爲了尋求解釋，這些心理學家轉向生化學的研究，而生化學的研究顯示，雌激素跟情緒，以及血清張力素這個腦中化學物可能有所關聯；目前廣泛使用的抗抑鬱藥，作用對象就是血清張力素。效能較強的雌激素（譯注：雌激素不只一種）主要都出現在脂肪組織裡，因此，較重的女性體內也就可能擁有較高量的雌激素。

如果這種激素的關聯確實存在，那麼女性在整個月經週期當中，情緒與體重應該都會有所不同。這些研究者發現，確實有兩個時段，體重跟負面情緒的相關性最高，也就是在月經週期的第十一天與第二十四、二十五天，這兩個時段體內的雌激素量也較高。

比利・邦特的漫畫形象：快樂的胖子

研究人員的結論是：「我們發現，體型與情緒是有關聯的。擁有較大BMI値的女性，比起BMI値較低的人來，較少經驗到抑鬱、焦慮以及負面感覺。擁有較多體脂肪的婦女比起苗條的同性，經驗到的負面感覺及情緒症狀較少也較不嚴重，這點與『快樂胖子』的假說相符。初步研究顯示，雌激素對於體脂肪儲存及負面感覺可能有所影響，雌激素的週期分泌對於婦女的負面感覺，可能也有影響。」

注：比利．邦特（Billy Bunter）與班尼．西爾（Benny Hill）皆爲英國家喻戶曉的人物。比利．邦特爲英國作家法蘭克．理查斯（Frank Richards）筆下一個體胖、嘴饞的學童，故事被改編成漫畫及電視劇。班尼．西爾是英國已故喜劇泰斗。

快樂荷爾蒙

血清張力素（serotonin）又稱血清素，是腦細胞分泌的一種神經傳遞物質，主導情緒控制、壓力舒緩及睡眠品質等幾個現代人經常面臨的精神問題。血清張力素分泌代謝正常，就會有足夠的抗壓及情緒調節能力，因此又俗稱「快樂荷爾蒙」。

蛋白質食物中所含的必需胺基酸——色胺酸（tryptophane），就是合成血清張力素的主要原料，因此多補充色胺酸含量豐富的食物，如巧克力、香蕉、燕麥、乳製品、肉類（尤其是火雞肉）等，可幫助大腦製造更多的快樂荷爾蒙。

噩夢是會害死人的

某個看來健康、體型壯碩的年輕人，並不曉得自己剛用過的是最後的晚餐。兩個小時後，他上床就寢，但就在睡著後不到兩個小時，他在床上劇烈翻滾，激動地呻吟、咆哮、咳嗽，不管怎麼叫喚都無法把他喚醒，不久以後，這個人就死了。

按菲律賓人的傳統說法，像這種情形的人是死於噩夢。越南、柬埔寨、寮國、日本以及美國等地，都有類似的猝死報導。美國稱這種病爲「原因不明的夜間猝死」，菲律賓人則說是「睡眠猝死時尖叫」（Bangungut），日本話則是「暴斃」（Pokkuri）。

在這些案例中，死者的屍體剖檢通常只顯示出急性心臟衰竭的徵候，但這種戲劇性的痛苦死亡，其潛在原因仍然未知。死者生前幾乎都沒有診斷出心臟問題，健康情況一般也很不錯，那麼，究竟是什麼害死了他們？

美國加州大學聖地牙哥分校眼科及神經科學系的研究指出，這些死者經歷的是夜驚，也就是一種超級噩夢。夜驚與一般普通、嚇人的噩夢不同，它發生於深睡期，而且作夢者就算被喚醒，驚駭感還會持續十五分鐘左右。通常，患者不會記得夢境的內容；有些研究顯示，這種夢可能根本沒有內容可言——沒有可怕的怪物，也沒有鬼魂。這些人所經驗到的，就只是原始、單純的恐

18 世紀瑞士畫家亨利．佛謝利的《夢魘》

懼感本身。

夜驚最常見於五到七歲的小孩，根據照顧者的描述，他們坐得筆直、眼睛圓睜，滿臉驚恐，並大聲尖叫。類似現象也可在成年人身上見到，至少在那些醒轉的人身上是如此。據估計，約有四％的噩夢其實是夜驚。

這項研究顯示，夜間猝死通常發生在睡著後三個半小時。多數案例中，最初的徵候是呻吟、喘氣或是呼吸異常吃力，心跳可能在夜驚開始出現的十五至四十五秒內，激增至每分鐘一百七十下；那可能是人類心跳加速最快的情況之一，就算是在激烈運動或性高潮時，心跳的加速也沒那麼快。

有些屍體剖檢顯示，死者帶有之前未經診斷的心臟毛病，其中最常見的是心律不整的問題，影響到心臟血液的輸出。這種發現揭示出，夜驚的原始恐懼感對死者心臟產生劇烈影響，而使潛在的心臟毛病爆發出來。

研究人員說：「我們提出的想法是：在心臟有潛在缺陷的人身上出現的夜驚，有時會導致猝死，這一點或可解釋爲何『原因不明的夜間猝死者』會有致命的心律不整的情況。」

胎記是轉世的證據

有些孩童宣稱記得前世種種，研究人員在進行調查後，得出的結果也很接近靈異現象。這些小孩之中，如果同時也有某種恐懼症，那麼恐懼的根由幾乎總是與他們宣稱的前世死亡方式相同。譬如某個宣稱記得前世死於溺水的小孩，很可能對浸在水中產生懼怕。事實上，研究人員發現，記得前世死於溺水的小孩十個中有六個都有恐水症。同樣的情況也出現在對蛇及槍枝有恐懼症的案例中。

孩童提及前世種種的報告爲數不少，但經過詳細研究的卻不多。美國維吉尼亞大學一位研究人員的報告指出，在少數經過調查的案例中，最主要的研究方法，是對小孩的父母或照顧者，以及與死者有關的人士進行訪談，再輔以屍體剖檢報告。

根據這篇研究報告，在經過調查的案件中，由孩童所指稱的死者大多數都能得到證實，例如有一系列研究調查了八百五十六個案例，其中有六十七%得到證實；同時死者的生平及死亡方式，也與孩童所描述的相當。

這篇報告指出，許多醫學及心理學上的病症與失常，並不能完全由遺傳及環境因素解釋。報告中列舉的例子包括初生嬰兒的恐懼症、性別認同的缺陷、出生後不久就出現的性情差異，以及特別的胎記等。而這些未能以較理性說法解釋的現象，卻可用所謂的「前世假說」來解釋。

以恐懼症爲例，在三百八十七位宣稱記得前世的小孩之中，有一百四十一人（占三十六%）有恐懼症。許多案例中的小孩早在提到他們的前世之前，就已經表現出恐懼症。在一項研究中，有五十六%的父母未能解釋他們的小孩爲什麼會有恐水症。

這篇報告還指出，在許多宣稱記得前世的小孩身上，都找得到與前世受傷部位相當的胎記。取自九個不同國家及文化的八百九十五個案例中，有三百零九例（占三十五%）有這種胎記，而胎記的位置，經驗屍報告證實，也跟前世死者身上的傷痕或其他標記相當。

報告中這麼寫道：「案例中的小孩就算從未提及前世，他們的恐水症還是很可能來自前世溺斃的經驗。在某些情況下，前世能幫助我們了解胎記位置的問題。這些案例的調查所得顯示，前世假說讓許多案例有了可信的解釋；對某些案例而言，看來更是最合理的解釋。」

全球暖化降低生育力

冰山融化、海平面上升、小島消失、溫帶出現熱帶氣溫、蘇格蘭出現葡萄園……針對全球暖化效應所做的預測，眞是沒完沒了。但有沒有可能，其中最重要的一種效應已然無聲無息發生？全球暖化會不會是全球生育力與出生率下降的禍首？

根據美國哥倫比亞大學醫學院及哥倫比亞長老會醫學中心的研究團隊，現有證據指向這個可能性，他們指出：「我們的分析結果與溫度變化影響生育力的假說相符，顯示人類生育力可能已經受到環境溫度變化的影響。」

已開發工業國家的國民生育率下降，已是無可置疑的事，至於開發中國家，下降率則低一些。雖說社會與經濟的變化，在一定程度上或可造成這種改變，但卻未能完全解釋整個現象，更無法解釋爲什麼其他研究都一致發現：許多國家的男性精子數都在下降。

這個研究團隊證實，生育力下降是眞實的，同時到二〇四〇年前，某些國家將出現人口負成長，也就是說人口數將會下降。

該團隊將十九個國家上世紀的生育資料，與美國航太總署（NASA）同時期對全球氣溫變化所做的記錄數字作一對比，結果顯示，這十九個國家在上個世紀裡，出生率都顯著下降了。以美國而言，出生率從每一千人有三十個新生兒降到只有十個，大多數工業國家也有類似的下降變化。而在同一時間內，氣溫卻在上升。研究人員說：「我們發現在全部十九個國家當中，氣溫及出生率的變化有著非常大的負相關。」就算他們把其他諸如社會、文化、經濟等改變因素也列入考慮，出生率與溫度之間的關聯仍然存在。

研究人員說，已有好些研究顯示生育力與短暫溫度變化之間有關連。譬如說，在氣候炎熱的國家，生育率隨季節而變，男性精子數於夏季最低，冬季則最高。實驗室研究也已證實，增加陰囊溫度會降低生育力。

「分析結果讓我們相信，氣溫的長期改變可影響人類的生育能力。長期的環境溫度改變，就跟短暫性的溫度變化一樣，可因精子數的改變而影響生育力。因此，全球氣溫的改變造成精子數目的波動，進而影響生育率，確實是可能的。」

研究人員還說：「如果氣溫變化與生育力之間的這種關係是正確的話，那麼只要全球氣溫下降，就有可能讓人類的生育力提高。」

淋浴對大腦有害

從表面上看來，淋浴似乎是件相當健康的事，能把身上的灰塵、細菌以及毒素給沖走，還能打開皮膚上的毛細孔、清潔頭髮，同時給人帶來愉悅的心情。

然而，沖澡的水裡要是有骯髒的東西呢？如果這髒東西形成微小的霧狀泡沫，在你邊擦肥皂邊唱歌時，從你的鼻孔進入、直達大腦呢？如果說你跟千千萬萬的人都面臨這種危險，又該怎麼辦？

在此我們說的可疑髒東西，就是「錳」，這種金屬元素會在水接觸地底岩石及礦物質時跑進水裡。錳是一種天然物質，綠色蔬菜、茶以及穀物裡都含有微量的錳。

錳在水中的含量曾經被研究過好幾次，多數研究的結論是：飲水中的錳含量很低，不足以影響飲用者的身體健康。不過我們也知道，要是高量的錳透過呼吸而非飲用進入人體內，將帶來嚴重的後果。針對職業病的研究顯示，礦場及電池工廠工人吸入錳之後，會造成錳中毒，出現類似帕金森氏症的症狀，包括行動遲滯、顫抖、心智受損，甚至死亡等。

美國維克森林大學醫學院的研究人員指出，雖然已有相關單位訂出錳在食物、飲水以及空氣中的安全上限，但從來還沒有人探討過，淋浴時吸入受到錳汙染的水所形成的霧狀粒子，對中樞神經系統有什麼影響。

研究人員說：「乍看之下，洗澡水產生的霧氣似乎是微不足道的傳送管道，但若從動物實驗的結果推算，那確實會是個嚴重的公衛問題。」他們說，與吃喝相比，吸入會讓錳更容易進入腦部，因為鼻腔內的第一對腦神經（嗅神經）會繞過保護腦部的腦血管屏障，成了抵達中樞神經系統的康莊大道。研究人員說，動物實驗也證實了，吸入的錳會繞過腦血管屏障，直接進入中樞神經系統。

這項研究指出，錳只要一進入腦部，就可能有累積作用；同時某些族群——好比年長者、懷孕婦女或患有缺鐵性貧血的人，吸入錳之後的風險更大。

研究人員計算出，持續以受到錳汙染的水淋浴，經過十年所吸入的劑量，可能比動物實驗中造成錳在老鼠腦中的堆積量還要高。

研究人員說：「如果後續研究支持我們所做的推算，這對全國乃至全球人民的健康都將有莫大影響。如果我們的研究結果證明屬實，那麼管理機構就必須重新考慮飲水當中錳的現行標準值。以美國來說，可能就有八百七十萬人接觸到的錳，是我們的研究範本顯示會在腦中造成錳累積的量。」

矮子拯救世界

千百年來，長得高是最受人歡迎的特徵之一，長得高的人被認為更聰明、生育力更高、有更多工作機會、活得更久也更健康。同時，人類也變得越來越高大，特別是近兩百年來。上個世紀裡，大部分歐美地區的人每隔一代，平均身高都增加了將近二・五公分。自二次世界大戰以來，隨著西方飲食及生活方式的引進，日本人的平均身高增加了十二公分之多。

問題是，這樣的趨勢是否過了頭？人類身高是否漸漸成了個人以及世界的問題？高個子是否用去了超過比例的資源，而最後可能導致人類滅亡？

一份根據超過二十年研究寫成的報告指出，這種情況的嚴重程度，可能已經到了要改變孩童飲食習慣、以限制他們生長潛能的時候了。美國加州聖地牙哥的 Reventropy 協會及加州大學的研究人員指出：「雖說高個子人人愛，但全球人口的身高及體重不斷增加，卻對我們的環境、健康，甚至存續造成威脅。我們必須控制人口以及人類的平均體型，以減低地球的負擔。」研究人員確信，如果不那麼做，人類生活品質將會下降，永續存活的機會也將降低。

「我們相信，經由科學方法限制熱量攝取、將孩童維持在最健康狀態，同時降低他們的生長潛力，就可以縮小人的體型。不過，懷孕期間及兩歲前的小孩，不應採取嚴格的飲食限制。孩童的生長情況應有醫生監測，以便必要時增加熱量或營養。」限制熱量但營養充足的飲食，已證實可產生體型較小、但更健康的動物，這些動物年老後心智功能下降較小，壽命也更長。

如果我們不做出改變，人類的前景看來黯淡。根據這篇報告，人類變高大之後，對地球資源影響巨大。舉例來說，美國人的身高若增加二十%，就代表要增加一億三千萬噸的糧食消耗，以供更高大的人口之需；爲了生產糧食，農地也要增加七千三百萬公頃，新鮮用水一年會多出三億二千多萬兆公升。爲高個子建造更大的房屋及車輛，每年將用去十二億噸鋁、銅以及水泥等自然資源；能量需求每年也將增加一千萬兆卡。增高二十%的美國人，將多製造出三十億噸的二氧化碳，那可是全球暖化的主要肇因；此外也還將多出八千萬噸的垃圾。

「如果人類文明爲了因應高大人種，而把各種尺寸加大的話，幾乎任何事物都會變得更昂貴。我們將會需要更多的水、能量以及各種材料，而房屋、運輸、能源、食物、用水、藥物、醫療等事物的生產、運輸以及儲存，都將變得更昂貴。單是從美國東岸飛到西岸的機票錢，就會多出三萬三千美元，因爲現有飛機能容納的人將會變得更少。」

研究人員說，小個子的好處包括降低對大氣、土壤及水源的汙染，以及因改善營養而更健康長壽；同時，消除對高、矮個子的身高偏見，將有助於心理健康及社會秩序。最重要的是，矮個子能減低人類在不久的將來出現大滅絕的危機。「根據我們提供的資料，希望科學界及政治界領袖能體認到，體型增大對未來的生活品質以及人類存續會帶來什麼樣的風險。」

預知你的大去之日

生命當中唯一能夠確定的事，就是死亡。只不過那一刻何時到來，在不同的人、不同的國家以及族群當中，變化甚大。例如在非洲的波札那，人民的平均壽命是三十五歲左右，而在歐洲富裕的安道爾，則是八十多歲。

就算同屬一個國家、來自相同族群以及文化背景，不同家庭之間平均壽命也會有大幅變化。譬如英國國民的平均壽命是七十到八十多歲，但有些家族的成員卻大都活到九十多歲，有些家族則連退休年紀都活不過。

這一切究竟是運氣使然，還是說在我們還沒出生以前，遺傳基因就已經注定了生死簿上的日期？如果說我們的大去之日早已注定，那有沒有可能事先找出來呢？

答案是可以的。根據日本岐阜大學的研究，理論上是可以算出這個日期，同時計算公式也相當簡單，稱作「近親壽命總值」（Total Immediate Ancestral Longevity），就是將六位近親的死亡年紀加總起來，再把總值除以六得出答案；這六位近親是父母、祖父母及外祖父母。

這個公式可以算出你出生時的壽命期望值，唯一的障礙是：就算你的大限早就寫在你的DNA裡，但那還可能受到你的生活方式影響。如果你一天抽上五十根香菸，那麼你遺傳得來的所有長壽好處，都將隨著呑雲吐霧而煙消雲散。尤有甚者，你還可能降低未來幾代家族成員的壽命期望値。反之，健康飮食、規律運動、避免接觸不良的人事物，你就可能活得比基因藍圖上寫好的壽命更長。

爲了測試近親壽命總値的準確性，研究人員計算了達爾文、愛因斯坦、艾琳．居禮（居禮夫人的女兒）等知名科學家的數値。

愛因斯坦、達爾文以及艾琳．居禮的近親壽命總値分別是三九○、三七八、三七二，全都比紀錄上活得最久的人——於一九九七年去世的法國婦女雅娜．卡爾蒙（Jeanne Calment）的近親壽命總値四七七低得多；卡爾蒙女士總共活了一百二十二歲又一百六十四天。

法國婦女卡爾蒙是紀錄上壽命最長的人，這張照片為卡爾蒙 119 歲生日時所攝

這篇研究報告指出，達爾文及愛因斯坦的壽命都超過了他們以近親壽命總値換算得出的預期壽命，因此他們有近十四%的壽命可能來自良好的環境影響。至於艾琳．居禮，她父親皮耶．居禮四十六歲時死於意外，母親居禮夫人也由於在工作場所受到過量放射線的照射，於六十六歲過世。艾琳．居禮的近親壽命總値除以六爲六十二歲，但她卻少活了四年，於五十八歲身亡，至少有部分原因是由於照射了過量放射線所致。

這篇報告傳達的訊息是：近親壽命總值可以告訴你，如果你過著一般正常的生活方式，你應該可以活多久。活得越好，你就可以多活幾年，但如果染上惡習，你就會少活幾年。

報告的結論是：「近親壽命總值是個方便又容易計量的壽命參數，任何有興趣知道自己壽命會有多長的人，都可以估算出這個期望值。」

時差引發精神病

每天都有成千上萬的人受時差症狀所苦。凡是在短時間內飛行跨越三個或更多時區的人，都會經驗到失眠、倦怠、精神不集中、消化不良、記憶失常、易怒以及筋疲力竭等症狀，特別是朝東邊飛的航程。

時差是由於體內的約日節律（俗稱生理時鐘）被攪亂所致，這種內在節律控制了像進食、睡眠等身體的例行活動。在多數人身上，這些症狀會在幾個小時、最多幾天內就消失不見……但眞的是這樣嗎？

以色列希伯來大學哈達薩醫學院的研究人員指出，時差可能還有更爲嚴重的傷害：時差可能牽引出精神疾病，而這個可能性一直被低估了。他們認爲，時差可能引發既有或新的情緒失調，包括抑鬱、焦慮、恐慌以及各種恐懼症，甚至還可能包括精神分裂症。「有強烈證據顯示，情緒失調與約日節律失常之間有關聯。可以這麼說，對於先天情緒不穩定的人，時差可能造成他們既有的病情惡化，甚至出現原本不存在的情緒失調。我們進一步提出假說，時差可能引發精神疾病，甚至精神分裂。」

研究人員指出，有好些例證顯示，人在長途旅行中會出現精神病症狀，例如短暫的偏執反應；這種反應通常是由周遭環境改變、身處陌生環境或陌生人當中、孤立感等因素引起的。

這項研究分析了三百五十九位從紐約甘迺迪國際機場被送往精神科檢查的旅客，結果顯示，有三十八％出現偏執性精神分裂的症狀，其餘的則有躁鬱精神病、精神病抑鬱反應和精神官能症。研究人員指出，還有其他研究顯示，朝東飛與朝西飛的旅客表現出的抑鬱程度也不同。至於時差究竟如何引發既有精神疾病發作，甚至造成精神疾病，目前仍不清楚；不過，褪黑素這個荷爾蒙可能是罪魁禍首。

褪黑素由腦中的松果腺分泌，是調節身體約日節律的主要因子，讓身體曉得何時應該就寢，何時應該起身。在某些國家，人工合成的褪黑素已當成補充藥品，廣泛用來對抗時差的症狀。

不過，約日節律的改變以及褪黑素分泌的失常，本來就與一些精神疾病有關；研究人員引用的一些研究顯示，褪黑素代謝失常可能與精神分裂症直接相關。同時還有證據顯示，睡眠不足會影響褪黑素的生成，並且可能與躁狂症有所關聯。

研究人員說：「有鑒於長途旅行的人數逐年增加，其中更不乏精神病患，我們實在有必要對這個問題做詳盡完備的研究。臨床證據顯示，時差可造成既有的情緒失調惡化；在先天情緒不穩定的人身上，時差也會引發情緒障礙。」

人在長途旅行中會出現精神病症狀，通常是由身處陌生環境、孤立感等因素引起的。

約日節律

「約日節律」的英文 circadian rhythm ，源自拉丁文 *circa* 與 *diem* ，分別是「大約」與「日」的意思，指的是身體當中有些自發性的生理活動，會每 24 小時出現一次，故此得名。此外，體內還有小於或大於一天的節律，心跳、呼吸以及女性的月經週期都是例子。

約日節律是生物適應地球的自轉，每 24 小時經驗一回日出與日落而演化出來的。最爲人所熟知的約日節律，當屬睡眠與體溫變化了；此外人的體能、好些荷爾蒙的分泌，以及腎臟的排泄功能等，也都有每天變化一回的現象，只是不爲我們察覺而已。唯有當現代人搭乘飛機，在短時間內越過好幾個時區，造成體內自發的節律與外界的時間不同步時，我們才有所感，也才出現所謂的「時差」。只要在新時區多待上幾天，體內的節律會自動調整過來，以適應當地的時間。

體內最重要的約日節律控制中樞，位於腦中一塊稱爲下視丘的位置。

輯 2｜演化的智慧

人體爲何不是毛茸茸的

在現存靈長類動物中，唯獨人類缺少保護性的毛皮，爲什麼會這樣？這個問題可是困擾了科學家好多年。

大多數理論提出的解釋是，人在演化過程中脫去毛髮，是爲了適者生存的理由；因爲在赤日炎炎的非洲，少了毛髮能增加生存優勢。不過美國紐澤西州的科學家茱蒂・哈里斯指出，諸如狒狒、黑猩猩、大猩猩、瞪羚及花豹等體型跟人類相當的哺乳動物，都沒有脫去全身毛髮，卻仍在非洲大陸活得好好的。

哈里斯認爲，人類體毛的消失，並非經由達爾文式的天擇，而是由於「親擇」所造成的：父母在生下有體毛的嬰兒後，就將嬰兒殺死，以至於與體毛有關的基因逐漸消失。她的論點是，在古代社會，殺嬰是一種控制生育的方式，做父母的有權決定是否保留或放棄某個新生兒，這種做法賦予了父母影響人類演化路線的權力。

她並提出如下說法：現代人（或許還有之前的祖先）是人類演化譜系中唯一裸露無毛的靈長類，就連直立人及尼安德塔人，都與其他猿類相同，是全身布滿毛髮的；尼安德塔人身上若無厚重的皮毛庇護，將不可能在冰河時期的歐亞大陸存活下來。

哈里斯認為，在此運作的揀選機制並非「適者生存」的天擇，而是另一種力量，那就是「文化」。現代人想要撇清自己與多毛動物的關係，因此接受了「像我們這樣體表無毛的是人、全身有毛的是動物及獵物」的文化觀念。

一旦這種「無毛是好、有毛是壞」的歐威爾式想法變成文化的一部分，體表長毛者很快就會經由親擇給剔除殆盡。根據哈里斯的說法：「新生兒只要體毛過多，就會引起大人的嫌惡，也極有可能被殺害或遺棄。因此，讓人多毛的基因就成了致命基因。」

哈里斯指出，這種多毛基因確實存在，罕見的先天性全身多毛症就是例證；我們體內可能都還有這種多毛基因，只不過不再活躍而已。哈里斯的理論不單說明了為什麼相較之下現代人幾乎沒有體毛，同時也可能為尼安德塔人的突然滅絕提出了解釋：如果尼安德塔人真的如同哈里斯所說的一樣多毛，那麼他們將被更聰明的現代人當成獵物。

哈里斯說：「如果我的假設是正確的，也就是說尼安德塔人同其他哺乳動物一樣多毛，那麼這個假設將能解釋尼安德塔人為什麼會在現代智人出現後不久，就消失無蹤。對飢餓的人類而言，多毛的尼安德塔人就是獵物。我提出的假說是：造成尼安德塔人在歐亞大陸消失的原因，與長毛象的消失是一樣的，現代人把牠們給吃了。我們現代人贏得了爭奪歐亞大陸的戰爭，那是兩個不同肉食物種之間的戰爭，而得勝的原因是我們有更優秀的頭腦、更精良的工具。我們活下來了，而尼安德塔人滅絕了，因為相比之下我們是更出色的掠食者。」

尼安德塔人

尼安德塔人大約於 13 萬年前在歐洲大陸出現，隨後散播到西亞和中亞。到了 5 萬年前，尼安德塔人已從亞洲消失，不過在歐洲仍然有他們的蹤影，一直要到 3 萬年前才完全滅絕。考古學家沒有找到比這個年代更晚近的尼安德塔人骨骸，不過有學者認爲在南伊比利亞有一支尼安德塔人存活了更久。就算在全盛時期，尼安德塔人在地球上的總人口也僅在 1 萬左右。估計他們曾在現代人抵達歐洲大陸後，與現代人共同生存了長達 1 萬 5000 年。

尼安德塔人的身體構造有許多適應寒冷氣候的特徵，例如短小結實的身材和大鼻子。

美國自然歷史博物館提供

耳屎的用處

根據「水猿理論」，人類祖先一度生活在水裡。該理論的支持者說，這就是為什麼大多數陸生哺乳類動物無法有意識地控制呼吸，而人卻可以的理由；我們具有的這種控制能力，與水陸兩棲的哺乳動物在潛水前需要深吸一口氣，是類似的。

多年來，該理論不斷遭到「不科學」以及「太籠統」的批評，甚至受到嘲笑。不過根據來自比利時的研究，現代人類有許多基本特徵支持這個理論，譬如鼻子的構造讓我們游泳時水不會跑進肺裡，頭髮的生長方向也極適合游泳；還有，人類為什麼比體型相近的陸生動物擁有更多脂肪細胞？那會不會是我們在海裡生活的時代所殘留下來的皮下厚脂？

研究報告中還提到，許多常見的疾病與不適，可能也源自我們水棲或水陸兩棲的遠祖時代，好比睡眠呼吸中止症、面皰、禿頭、頭皮屑、酒糟鼻、近視以及骨性關節炎。

以關節炎及靜脈曲張為例，大多數人一生當中都會受到關節退化疾病，即骨性關節炎所苦，同時每三位成年人當中，就有一位會有靜脈曲張。若是生活在水中，有沒有可能說這些毛病就不那麼常見？就因為我們如今生活在陸地上，沒有了環繞身體四周的水所產生的抗壓作用，所以才會受苦？

再來看看氣喘，猿類是沒有這種毛病的。而這項研究顯示，海豹潛水時氣管會收縮；能夠深潛的哺乳動物，潛水時也都會將氣管完全關閉。

此外，還有近視這個毛病。近視患者的眼球過長，乍看似乎沒有任何明顯的好處。不過研究人員在仔細檢驗之後發現，那也可能與水生的經驗有關。鯨魚、海豹及企鵝只要出了水面，都會變成近視，原因是牠們需要在水中維持最佳視力。因此，研究人員宣稱，近視是爲了適應水中不同折射效果而出現的。

肥胖也可能與人類先前的水棲生活有關。根據這項研究，所有的水棲哺乳動物都大腹便便，同時在水裡，肥胖所造成的障礙也要少得多，因爲脂肪可在水中浮起，重量就可因此被抵銷了。

最後就是耳屎了。耳屎浸了水會膨脹，擋住耳道。水陸兩棲的人類祖先進入水裡後，膨脹的耳屎就會防止感染，同時又不至於阻斷聽覺，因爲耳屎仍能傳遞聲波。

研究報告指出：「由於人類有這許多先前曾經水棲的特徵，以及由此造成的疾病，可見在人類演化史上，我們在不久之前還處於水陸兩棲的階段。大概在不超過兩百萬年以前，直立人的祖先很可能還是生活在水裡的。」

近視的人比較聰明

近視是一種現代流行病。在某些族群中，十個年輕人裡就有八個是四眼田雞。而且研究顯示，上個世紀中，每經一個世代，近視患者的數目都有顯著增加。

父母當中有一人是近視，小孩也更容易變成近視；要是父母雙方都是近視，則機率更高。由此可見，至少在一定程度上，近視是由遺傳決定的。

可是如果說確實有近視基因存在，那它又如何通過演化壓力的考驗呢？回到遠古時代，視力不佳的狩獵採集者將難以生存下來，也不會是理想的配偶及家庭支柱。因此，按照演化理論，近視基因將隨著時間而逐漸遭到淘汰。然而，如今近視不但依舊存在，盛行率還以驚人的速度增加。這究竟是怎麼回事？

根據倫敦瑪莉皇后醫院及香港大學的研究，近視基因之所以存活下來，是因為這些基因還有一個更重要的角色，而這個角色與智力有關。

眾所周知，功課出色的學生以及成就非凡的人比較有可能得近視，只不過傳統的解釋是，這些小孩更早開始閱讀，也因此比較有可能變聰明。

新的研究則提出，近視與智力有更直接的關聯。這項研究指出，高智力與近視之間息息相關，是因為腦子與眼球的生長，具有共同的基因基礎。不過關鍵在於，負責近視的基因組成，必須由某種環境的刺激開啓。該理論的說法是，在遠古時代，這種刺激並不存在，因此我們的遠祖受惠於這種基因而有更優秀的腦子，卻不須受近視之苦。

研究人員說：「在人類演化的過程中，由於這個基因有助於我們祖先生存，因而備受天擇青睞。我們的祖先可以運用智力來改進狩獵、採集、耕種或畜牧等技術。至於近視的部分，造成的危害並不大，因為在遠古的環境當中，這部分並不會表現出來，對天擇而言是中性的。總結起來，這個基因對『達爾文式適應度』還是有所增進，也因此在人類族群當中出現頻率非常高；這一點，從如今近視的盛行就可以看出。」

那麼，什麼是引起近視基因表現的環境刺激呢？現代社會裡，究竟是什麼事物把與近視有關的基因物質給開啓了呢？

現代人做的事裡，有一件是採集狩獵族不會做的，那就是閱讀。因此可能就是閱讀，特別是年幼階段的閱讀，啓動了近視基因的開關。香港大學的研究人員說，如果眞是這樣的話，那麼不讓眼睛在幼年時期有所謂的「非自然使用」，也就可能避免近視基因物質的啓動。

他們的結論是：「要控制早期視覺經驗，我們可以提倡小孩不要上太多課、做過多的近距離操作，以及進行具有複雜視覺影像的休閒活動，像看電視、玩電玩。所有這類策略做法都必須及早開始，並涵蓋整個敏感時期。」

爲什麼要有下巴

人類的下巴有各種形狀與大小，有的比一般都大，有的向前突出，有的往後縮進；少數上頭有酒窩，更多的是斑斑點點。不過總而言之，下巴是現代人類才有的專屬特徵。

問題是，下巴有什麼用？原始人及尼安德塔人都沒有下巴，世上第一個下巴，是到現代智人出現後才有的。因此，我們要問，下巴究竟有什麼演化上的好處？耳朵、鼻子、眼睛、嘴唇，甚至眉毛及眼睫毛，都有明顯可見的功能，那下巴呢？

關於下巴存在的理由，主要有兩個理論。頭一個是說，下巴根本沒有用處，只是演化過程中的一個小失誤，於是下巴就這麼出現了。另一個是說，下巴有助於咀嚼食物。後面這個理論的問題是，下巴出現的年代，人類用牙齒來撕咬生肉的頻率不但沒有增加，甚至還可能減少。

爲了找出其他解釋，紐西蘭丹尼丁市奧塔哥大學的牙科醫師塑造了兩個人類下頜骨的三維模型，一個有下巴，一個沒有；然後測量下顎在日常使用中所承受的各種力道及會出現的角度。他們檢視了在各種下顎活動中，肌肉與骨骼所承載的力道，希望能找到人類演化出下巴的因素。結果顯示，在沒有下巴的下頜骨中，當舌頭以四十五度角收縮時，就在下巴應該在的位置，壓力與張力都增高了。

我們知道，骨骼會因承受壓力而改變形狀，因此，下巴有可能是爲了因應舌頭收縮所造成的壓力改變，而逐漸演化出來的。問題是，比起之前的原始人，現代人的舌頭有什麼不同？所有原始人也都有舌頭，那智人究竟有何特殊之處？答案很簡單，就是「語言」。

研究人員指出，一般相信語言是在五萬年前，在人類的共祖身上出現，正好與人類下巴的出現時間吻合。隨著語言的發展，舌頭與嘴唇連帶也出現一整組新動作，在口腔及下顎造成不同的張力與壓力，爲了適應這些力道，骨骼開始產生變化，最後形成了下巴。

舌頭的設計，是爲了能夠快速收縮；人在說話時，舌頭會急遽加速，在目前下巴的位置形成頻繁重複的力道。

研究人員說：「我們的結論是，現代人的下巴是由說話時的力道形塑，而與咀嚼無關。我們認爲，現代人新學會的口語技能，會讓舌頭反覆強力地收縮，影響下顎骨骼重新形塑出下巴。這個結論給下巴的誕生帶來新的看法，更重要是，這表示下巴的出現跟人類語言的發展有關連。」

幽默感有利人類存活

幽默感幾乎是人類的通性。或許，有些人的幽默感比較強，有些人的幽默反應比較快，有些則比較慢，但每個人多少都有那麼一點幽默感。問題是，爲什麼要有幽默感？沒有跡象顯示其他物種也有幽默感，那爲什麼人類會有呢？再來，幽默感爲什麼讓人愉快？

由於不管哪一種族群文化，都有幽默感這回事，因此幽默感一定在人類演化初期就發展出來。果眞如此，那麼具有高度幽默感的人必定有某些生存上的優勢。

人生當中還有其他讓人愉快的事，好比食與性，都很容易用演化的觀點去解釋。不喜歡吃喝以及做愛的人，顯然不大可能把他們的基因傳給下一代。然而，幽默感似乎就沒有什麼顯而易見的解釋了；不過，事情眞的是這樣嗎？

有報告指出，我們覺得幽默好笑的地方，與實際發生的事並不見得有關，而在於我們能夠在開玩笑的對象了解到發生了什麼事的同時，看穿他的內心。在古代社會，最有幽默感的人生存能力都比較好，也更有可能領導群倫。

這篇報告指出：「每當我們看清某人因狀況改變而做出反應時，幽默就跑出來了。也就是說，眞正的娛樂來自我們觀察到某人的既有觀念與新的狀況出現扞格時，他內心的決定過程。這個『讀心理論』認爲，我們覺得好玩的，是看到和了解到對方腦子內部的運轉；幽默來自於我們能夠欣賞人類擁有意識的心靈，如何被迫面對新的一組環境。」

該報告認爲，懂得讀心，對於遠古人類是有用的本事，因爲最有幽默感的人比別人都占優勢。研究顯示，幽默風趣的人會給人善於交際的印象。位階低的人要是能率先看出領導人的特質，並加以取笑的話，對地位的提升將大有幫助。譬如說，大家都看過班上的丑角同學讓老師下不了台的場面。

報告還說：「人類的遠祖當中，那些能夠看穿別人心思，解讀其行爲表現並從中取樂的人，將能在團體中掌握權柄，也就代表了天擇上的優勢。結論是：由於有幽默感的人會比沒有的人占了競爭優勢，因此幽默感就在人類族群中演化並散播開來。」

嬰兒愛吮吸是爲了避免氣喘

小孩在剛出生的兩、三年裡，幾乎是看到什麼都想要吮吸一番。嬰兒喜歡吮吸，在一歲前表現最爲強烈，幾乎任何抓得到手的東西，都會放進嘴裡。至於爲什麼會這樣，就不清楚了。以演化的角度來看，這種特性早就該消失，因爲對生存沒有任何好處，事實上還有明顯的壞處。以美國來說，每年每十萬名嬰兒死亡的案例中，就有一到十八名是死於意外中毒，另外有四名是被異物噎死。

像這樣的特性要能保存下來，必定有一些正面價值，讓這種高風險行爲的好處勝過了壞處。天擇的原理是，代價高的行爲如能保存下來，要麼它是某個有利生存的重要特性不可避免的副產品，要麼就是它具有某種超過壞處的好處，只是這好處不那麼明顯易見。

弗洛伊德對於嬰兒吮吸的看法毫不讓人意外，他認爲這全是爲了感官的滿足，因爲嬰兒吸收營養的唯一管道就是口腔。接下來還有一個廣爲接受的說法，是說嬰兒把東西放進嘴裡，是一種探索及學習的方式。但批評者指出，用這種方式收集知識，好處跟附帶的風險太不成比例，何況嬰幼兒還有其他收集知識的方法，代價都沒有那麼高。

美國加州大學的人類學者提出了一個理論，認爲吮吸具有更重要且不可或缺的角色，那就是可能保護嬰兒免受許多疾病所苦，這些疾病從氣喘到風濕性關節炎，不一而足。

嬰兒剛出生時，免疫系統已經可以運作，但仍在發展當中。這個理論認爲，嬰兒把各種物件放進嘴裡，爲的是教育他們尚未成熟的免疫系統，分辨什麼是益蟲、什麼是害蟲；而這一切都是在母乳的保護傘之下進行，使嬰兒不致遭受太嚴重的傷害。

經由把抓到手的物件放入口中，嬰兒隨機接觸到物件上的各種毒素、微生物與細菌，這等於是在給他們的免疫系統打底、定基準；要是免疫系統未能妥善校準，出現過敏、氣喘以及其他自體免疫疾病的機率就會增加。

這整個過程必須在餵食母乳的保護之下進行。我們已經知道母乳對嬰兒確實有保護作用，可降低嬰兒腹瀉、肺炎以及中耳感染的機率。還有研究顯示，沒有母乳可食的孤兒，死亡率比一般嬰兒要高得多。

這項研究提出的假說是：「吮吸使嬰兒得以在母乳的保護傘下，讓初生無瑕的胃腸道有預先接觸環境中抗原及細菌的機會。人體免疫系統有個校準的關鍵期，在這段期間，新生兒可以就生活環境的需求，對免疫系統的功能進行調整，增進投資報酬率。新生兒要是未能在此關鍵期，讓免疫系統準確而充分地接觸抗原，日後將付出不小的代價，發生過敏、氣喘以及自體免疫疾病的機率都有可能增高。」同時，「雖說過敏、氣喘、自體免疫疾病大多是西方社會和城市人的毛病，但發展中國家人民衛生觀念若有改變，這些毛病的盛行率也可能大幅增加。」

啤酒肚可以保護老男人

不論你怎麼節制飲食、怎麼積極運動保健，只要一過三十歲，體重就免不了節節上升。處於青春前期的人，不論吃進多少東西，多麼少運動，體重幾乎都不會改變（至少在近期這波肥胖流行起來之前是如此）。但是，年過三十以後，西方社會的成年人一般都會逐漸身寬體胖，平均每十年可增加三到五公斤，以至於到了五十歲時，體重平均會多出十到十五公斤；之後，當年過六十，體重通常就很少再往上升了。

肥胖流行暫且不談，這整個體重增加的過程，在所有西方國家都非常相近。雖說有好些理論試圖解釋這種現象，但對於眞正的原因卻始終沒有共識。

有些理論說，這只是人過中年，活動力下降，或飲食量增多，才會變胖；然而以色列施耐德兒童醫學中心的研究人員卻認爲，這一切都可以用「年輕狩獵者理論」解釋。他們的理論是：隨年齡逐漸增加的體重，是人類長壽的主要推手；年輕狩獵者身上結實的肌肉，會隨著進入不再工作、不再打獵的老年，轉變成脂肪儲存體內，好在老年時期維繫生命。

在古代，狩獵者是提供食物的人，必須要有飽滿的肌肉，以備艱苦、危險、時間又長的狩獵之旅所需。爲了長出必要的肌肉，來自下肢的體脂肪會轉換成能量，用來製造結實的肌肉。

不過當男人到了狩獵生涯的終點，體內的新陳代謝過程就會轉向節約能量，以準備老年的到來。事實上，人在年過三十以後，身體肌肉的質量平均會減少十五%，體脂肪量則會逐漸增加，特別是在身體中段部分。

根據以色列研究人員的假說，肌肉質量減少意味著先前生成肌肉的能量，如今轉成了脂肪。由於老男人再也無法打獵覓食，那些儲存起來的脂肪，將能維持他們老年時的能量之需。而這種做法的演化目的，可能是要讓男人活得夠久，好親見下一代長大成人。這也可以解釋爲什麼人過了六十歲之後，體重就不再增加，因爲到那個時候，子女應該都已經獨立自主了。

研究人員說：「現代富裕社會裡，成年人的體重會隨年齡不斷增加，看來有其生物性以及文化性的演化根源。體重增加是爲了彌補成年人肌肉質量的減少，以確保人能夠存活並且長壽。我們的假說有一個前提：體重隨年紀增加是人類演化出來的保護措施，確保男人到了晚年會有足夠的能量儲存，以供基本代謝之需；因爲到那個時候，肌肉質量隨著年紀增長逐漸流失，花費體能的活動量將不得不減少許多。」

冬泳者爲何不會發抖

每年的耶誕節及元旦當天，正當大家都在大吃大喝，就會有一票人把自己浸在冰冷的水中，來個新年頭的第一泳。這些人當中許多看起來已經不年輕了，甚至多數都到了心臟病及中風好發作的高風險期。因此，我們不免要問：他們是怎麼辦到的？冬泳的祕訣是什麼？

對多數人而言，游泳是暑假期間的活動，地點通常在旅館泳池或陽光明媚的度假勝地，水溫適中，讓人舒服愉快。但對某些人來說，在冷水中游泳才是最過癮的，他們是北半球各地越來越多的「北極熊冬泳俱樂部」的會員，這些人相信，冬泳讓他們更健康、更有活力。

毫無疑問，游泳是健康的運動，對強化心肺功能及增加肌肉強度都有幫助。據估計，每游一千公尺，我們每公斤的體重會消耗約四卡的熱量；也就是說，如果你的體重是六十八公斤，持續快泳一個小時，你就能消耗九百卡左右。

在水溫適度的水裡游泳的確是健康的運動，不過若是在冷水中游泳，對一些人來說卻可能非常不健康。根據希臘雅尼納大學研究人員的調查，英國每年有四百至一千人因爲在冷水中游泳而喪生，死因主要是心臟病及中風。

人浸在冷水裡時，身體會出現即時以及長期的變化：體內的新陳代謝率會增加，顫抖生熱反應也會啓動，也就是由顫抖時肌肉收縮產生熱能的反應。如果沒有顫抖反應的話，在低溫下只要短短三十分鐘，就會導致體溫過低。

根據這項研究，冬泳者的祕訣在於：他們不但適應了冷水，同時還從中獲益。研究報告指出，經常接觸冷水，可增加身體對低溫的適應力。一般人在寒冷時，身體的新陳代謝只會增加相當短暫的時間，而冬泳者的代謝率不但在他們進入水中以後開始增加，直到游完泳還在持續上升。有一種理論是說，這些人的生熱保護系統，是對體內的核心溫度、而非體表溫度起反應，也就是說，他們不需要靠顫抖來維持體溫。研究還顯示，這些人游泳時，流經皮膚的血流減少了，這就好似有一層隔熱裝置一樣。報告中說：「經常冬泳的人會出現生理適應，讓他們更能忍受寒冷的刺激。」

冬泳的好處還不止於此，對健康也可能有長遠的好處。有證據顯示，經常冬泳對體內胰島素水平有正面作用，這點有助於心臟病的防護。冬泳還會增加體內抗氧化物的含量，血中免疫細胞的數量也比一般人高。另有研究指出，冬泳者罹患呼吸道感染的比率，比一般人低了四十％。

研究報告指出：「游泳是一種很好的有氧運動，已證實有益健康。冬季裡在冷水中游泳，身體還會有一些額外的顯著改變，這對多數人來說可能有害，但如果反覆接觸寒冷的刺激，身體會出現各種適應機制，產生對寒冷的耐受力。這些適應機制有可能讓身體免於好些疾病，這個假說已得到相當顯著的證據支持。」

指頭長短可預知疾病

仔細瞧瞧你的手掌，你的無名指比食指長、還是比食指短，抑或長短相當？這可不是什麼無聊的問題，答案可能告訴你：你容易得到哪些疾病，以及你還能活多久。

人類的第二根指頭（食指）與第四根指頭（無名指）的相對長度，男女有別，這是長久以來就爲人所知的現象。男人的無名指通常要比食指長，女人則反之，食指要比無名指長。

研究人員認爲，這種舉世皆然的性別差異特徵，並非隨機演化而來，其中必定有它的理由。他們說，手指長度其實是胚胎在母親子宮內接受荷爾蒙程度的指標，是胚胎在子宮內最初三個月關鍵時期的歷史紀錄。說得更明確些，那是生命初期，當腦、心以及其他器官還在成長發育時，形塑胚胎的荷爾蒙濃度的痕跡。

如果無名指較長，代表胚胎接觸了較高濃度的男性荷爾蒙——睪固酮；要是食指較長，則是接觸了較多雌激素的指標。不過，懷孕時兩種荷爾蒙的混合液在周圍流動，對發育中的胚胎整體都有影響，可不只是手指頭而已。如果無名指較長，那代表所有同時正在發育的器官，也都接觸了高量的睪固酮。這代表的意義是，食指與無名指長度的比例，可用來測定一個人的特徵，以及成年後患病的機率。

研究人員說：「有證據顯示，出生前睪固酮及雌激素的濃度，與不孕、自閉症、失讀症、偏頭痛、口吃、免疫失調、心肌梗塞、乳癌等等疾病都有關聯。我們認爲，食指與無名指的長度比，是這些疾病的預測指標，可用於診斷及預後，並可及早在生活習慣上做改變，延遲疾病的發生，或是促進早期診斷。」

還有別的研究顯示，食指與無名指的長度比，可作爲運動天賦、攻擊性、性伴侶數、自閉症，以及是否容易出現抑鬱的指標；另外跟過動也可能有關連。

英國中蘭開夏大學演化心理學教授約翰．曼寧說：「由指頭長度比顯示出生前接受了高濃度睪固酮的人，在行爲上出現相當多問題，包括好發脾氣、愛欺侮人、打架、過動、容易分心之類的行爲。一般而言，這對男女都適用。同時，還會有社會行爲偏低、不關心其他小孩感受、看到別人受傷也不幫忙等問題。」

在女性身上，與擁有「女性手掌」（食指比無名指長）有關的特徵包括：高生育力、多子多孫、自信心低、神經質、容易在年輕時就得乳癌，以及不愛冒險。至於擁有男性手指比例的女性，則不孕機率偏高、較有可能是左撇子、較愛冒險、自信心強，以及較有可能是同性戀。

在男性身上，與男性手掌（無名指比食指長）相關的特徵包括高生育力、跑得快、足球踢得好、自閉症、說話不流利、攻擊性強以及數學能力好。擁有女性手指比例的男性，則比較會跳舞、生育力低、語言能力強、運動細胞差、不大會看地圖、智商較高，以及更容易感到沮喪。

關節炎是擁有強壯祖先的代價

中世紀時，黑死病讓人聞風喪膽，但在十九、二十世紀之交，到處肆虐的卻是所謂的「白死病」肺結核。當時，西歐以及美國每四位死者當中，就有一位死於肺結核。而過去兩百年間，死於肺結核的男女老幼人數已達到百萬以上。

肺結核的死亡率這麼高，就演化理論而言，必然對遺傳基因有著強大的選擇力。如果某個基因突變增加了個體對肺結核的抵抗力，那麼這個基因或這群基因將更有可能傳給子孫而存活下來，因爲擁有這種基因的人，會有更多的機會生育。

不過在許多類似的情況當中，後代子孫卻發現，他們得爲祖先能夠生存下來付出代價。例如讓人免於霍亂及痢疾的基因，很可能會導致纖維囊腫。

輝瑞藥廠全球研發部的詹姆斯．莫柏利在一篇報告中指出，一七八○到一九○○年間由肺結核造成的死亡，與今日風濕性關節炎的病例之間，具有驚人的關聯。

目前，北美洲原住民的關節炎盛行率是五%到七%，爲全球最高；一八八六年時，北美洲原住民的死因當中，有九%死於肺結核，也是有紀錄以來比例最高的族群。類似的匹配型態，還有別的例子。非原住民美國人、加拿大人與西歐人的關節炎盛行率在○．五%到一．五%之間；肺結核的死亡率，英國在一七八〇年達到最高，是一．六%。非洲鮮少有關節炎的病例，盛行率低於〇．一%；同時，整個十九世紀到二十世紀初，非洲撒哈拉以南地區沒有出現肺結核病例的醫學記載。

莫柏利說：「當今風濕性關節炎的流行病學，與一兩百年前肺結核的流行病學，有驚人的相似點，很可能當年肺結核流行時，有助於生存的遺傳因子，如今卻讓人容易患上風濕性關節炎。」

如果說兩者之間確實有關聯，那這關聯又是什麼？最可能的因子是一氧化氮，因爲我們已經知道，一氧化氮可增加對肺結核的抵抗力。事實上，人工合成的一氧化氮已用來治療肺結核病人。因此，那些發生基因突變造成體內一氧化氮含量增高的人，在面對肺結核流行時更容易存活，這看來是個合理的推測。如果說肺結核與風濕性關節炎之間有所關聯，那麼這些有助於防護肺結核感染的基因，在罹患關節炎的病人身上，數量就應該更高。

事實可能的確如此。基因學的最新研究，已發現了好幾個與風濕性關節炎有關的基因，這些基因在人體遭到結核菌感染時，參與了免疫反應，其中包括腫瘤壞死因子-a（TNF-a）。

這篇報告指出：「毫無疑問，人體不斷與傳染性微生物對抗，形塑了人類的基因組。能讓我們的祖先戰勝流行病及瘟疫而存活下來的隨機突變，一代一代傳了下來，但是在多數情況中，經由突變生存下來的後代，必定要付出某種代價。研究結果顯示，風濕性關節炎，或許還有一些自體免疫疾病，可能是二百多年前肺結核大流行，對基因造成選擇壓力，而在今天表現出來的身體失調。」

感到噁心是健康的

我們都有過這種經驗：在某個時候、對某樣東西感到噁心。發霉的肉、老鼠、酸奶、嘔吐物、狗大便、蠕動的蟲子，還有多不勝數讓人反胃的東西，都能引起噁心作嘔的感覺。

問題是，我們爲什麼會感到噁心呢？如果說在過去幾千年裡演化出來、至今仍跟著我們的所有特性，都該有些用處的話，那感到噁心究竟有什麼好處？其中的道理又是什麼？

這個問題的答案可能很簡單，噁心可能是在動物身上演化出來的一種最原始的免疫系統，如今則與複雜得多的人體免疫系統共同運作。根據研究人員的說法，腦中血清張力素這個化學物質，可能是關鍵所在。

現代人體免疫系統非常精密，是涵蓋廣泛、複雜且極有效率的系統，對入侵人體的病菌、疾病或是病毒，具有致命的殺傷力。人體免疫系統的唯一缺點，是必須先與問題直接接觸，才能找出對策。也就是說，把發了霉的食物吞進肚裡，免疫系統自然會找出對策，但若只是把一塊腐肉拿到你面前，免疫系統就無能爲力了。換句話說，免疫系統擅於因應，卻無法預防。

於是，就有了噁心這個機制。噁心感可以引發抗拒反應，讓人免受感染；要是還來不及抗拒就已經吃進肚裡，噁心感還可以引發嘔吐。

墨西哥維拉克路茲生態研究所以及英國倫敦衛生及熱帶醫學院的研究人員說：「我們提出的假說是，噁心與免疫之間有功能上的聯繫，兩者都是人體的防禦機制。在接觸到可讓人感染疾病的威脅之前或是瞬間，噁心就開始作用了；至於免疫反應，則是對付那些在噁心反應後仍然持續存在的威脅。」

根據這個理論，動物演化出噁心反應，一開始是爲了保護自己免於遭受各式各樣的危險。噁心反應有兩個階段，第一階段在面對可能對身體有害的東西時出現，好比發霉食物，可避免將有害的東西吃進肚裡。第二個階段是來不及發現東西對身體有害，就已經把它吃進肚裡了，此時噁心反應會引起上吐下瀉，好讓有害的東西盡快排出體外。

至於其中原理則是，腦中參與食慾及情緒的化學物血清張力素，在噁心及免疫系統反應上都扮演重要的角色。大量的血清張力素也存在於腸道、呼吸道以及皮膚組織中，顯示這種化合物在面對外來威脅時，參與了防禦反應。由於人體引發及協調噁心嘔吐的中樞位於腦幹，因此研究人員認爲，血清張力素是引發嘔吐反應的重要因子。

研究人員說：「我們認爲，噁心是一種演化出來的神經反應，由噁心引起的行爲，可避免身體遭到感染。我們的推論是：在身體眞正接觸到感染物之前，噁心反應會先出現，不讓感染物進入體內。如果感染物已經進入了胃腸道，在它侵入身體防線之前，就由嘔吐反應將感染物排出。」

反社會病態是必要之惡

我們的行為模式多數是父母及祖先遺傳下來的，雙胞胎的遺傳學研究顯示，像神經質、內向、追求刺激之類的個性特徵，都受到相當大的遺傳基因影響。

反社會人格失常也有很強的基因因素，有這種缺失的人約占全人類的二%到三%。問題是，這種基因組成為什麼還會繼續存在？其他的人格特質多數都有重要且不可或缺的作用，反社會行為卻沒有什麼明顯好處，既然這麼不討人喜，代表有這種特質基因的人，將比較不容易找到伴侶，進而把基因傳下去；那麼，這種基因為什麼沒有消失呢？再怎麼說，現代社會大抵奠基於文明之上，靠的是能夠互相合作、和睦相處的人，那為什麼這種壞蛋還能存活下來呢？

法國巴黎公立醫院的研究人員提出報告說：「人類行為的演化裡，最吸引人卻又最少人談論的一個問題，就是在強調合作、且依賴合作發展的人類社會中，為什麼天擇還會讓反社會人格失常繼續存在？」他們提出的答案是，反社會人格讓社會變得不可信任，讓人學會自我防衛；如果狩獵採集群體裡完全沒有惡人的話，我們的祖先會變得太容易信任他人，而無法存活下來。

研究人員提出了一系列論點，來支持他們的理論。例如他們指出，狩獵採集族平均以三十個人左右為一個社群，從反社會人格失常的盛行率看來，每個社群恰好會有一位成員具有反社會傾向。

現代社會裡，有這種毛病的人會被捉進監獄，但在早期社會，逐出社群甚至處死，是更有可能的處置之道。在因紐特人（愛斯基摩人）的社會，傳統做法是邀請有反社會病態的人外出打獵，然後趁四下無人時，偷偷把他推入海中。

當然啦，如果所有壞蛋都像上面說的那樣，被趕了出去或是給殺了，那麼他們的基因也會被清除乾淨。但研究人員指出，約有五十％的反社會病態一輩子也不會被發現，因此，雖然有一部分人被犧牲，生存下來的人卻能得到婚配以及傳承基因的好處，可以說並不吃虧。

研究人員還提出另一個問題：如果某個族群或社會完全沒有反社會分子的存在，又會變成什麼樣？

他們的說明如下：「試想某個族群或社會，當中各式各樣的人都有，獨缺反社會人格，於是他們將不會有機會碰上這種人，同時也不會曉得有這種行爲的存在。這樣的族群大概很快就會被外人欺負至死。但族群裡只要有一個人有反社會性格，這個族群就會被迫武裝起來，對抗這種行爲，並保持警戒，以防受害。可以想像得到，沒有反社會分子的族群在碰到這種個性的人物時，將沒有任何防身之道，而遭滅絕。簡而言之，反社會人格失常是一種必要之惡。」

約有50%的反社會病態一輩子也不會被發現。

沒良心的人

反社會型人格失常是病態人格的一種，又稱精神病態，用俗話來說，就是「沒良心」。這種病態人格的臨床現象之一，就是無法接受或了解道德的價値，嚴重缺乏良心譴責，所以不會因不道德行爲而焦慮或有罪惡感；他們甚至會輕視那些被他們利用的人。反社會人格患者在初識時，往往予人聰明、人緣佳的印象，但實際上他們會殘酷無情地利用身邊的人來達到目的。這種人格傾向常見於狡猾的政客、詐欺犯、奸商之中。

纖維囊腫是黑死病的遺害

中世紀時，瘟疫——又稱黑死病——肆虐，把當時歐洲人口的三分之一都消滅了。這是一種由老鼠散播的傳染病，由耶爾森氏菌（*Yersinia pestis*）所引起。公元六世紀時，這種病也在五十年間造成了一億以上人口的死亡。

瘟疫在人身上有兩個主要傳染途徑：腺鼠疫是由受傳染的跳蚤叮咬而感染，死亡率約在七十%左右；肺鼠疫致死率更高，有九十%，是由於吸入空氣中帶有細菌的飛沫，而在人與人之間傳染。也有證據顯示，肺鼠疫可能經由受汙染的食物感染。

由於瘟疫的殺傷力強大無比，因此，以演化的說法，存活者的子孫很有可能遺傳了某種演化出來的保護機制。

這種適應現象，至少得針對瘟疫賴以搶灘的兩種主要途徑下手，也就是經由肺或是經由皮膚。含有病原菌的飛沫必須要能擋下，不讓它進入肺裡，跳蚤在皮膚上的叮咬也要有辦法防止；另外，最好還能保護腸胃道免於感染。

這樣的防護會是什麼？有什麼機制是人體演化出來、用來保護人免於受感染的呢？

根據美國西雅圖佛瑞德哈欽遜癌症研究中心一位研究人員的研究報告，纖維囊腫有可能是答案。纖維囊腫是由某個基因缺陷造成的疾病，有這個基因的人數以百萬計；據估計，每十位白人當中，就有一位攜帶了這個基因。不過，絕大多數人並沒有出現疾病的症狀，因爲只有從雙親兩邊各遺傳了一個有缺陷基因的人，才會發病。

美國大約有三萬五千人、歐洲大約有二萬五千人罹患了這種疾病。讓人費解的是，病人絕大多數是祖先來自北歐的白人，那也是當年瘟疫肆虐最嚴重的地區。

纖維囊腫一度是不治之症，患者在孩童時期就會身亡；但隨著療法不斷改進，患者的平均壽命已經增加到了三十五歲或更久。肺部疾病通常是致死原因。

理論上，纖維囊腫完全符合保護人類免於瘟疫的條件。它可以防止病源菌進入肺臟，對皮膚也會有影響，可能有防止跳蚤叮咬的作用；此外還可能經由胰臟的病變，產生對腸道的保護作用。

纖維囊腫的主要症狀，是出現異常大量且黏滯的分泌液，在肺臟及胰臟堆積；這種分泌物能夠分解吃進肚裡的食物。纖維囊腫還會影響汗腺，罹患纖維囊腫的嬰兒皮膚會有股鹹味，有可能讓傳染瘟疫的跳蚤不願接近。

這篇研究報告這麼寫道：「我認爲北歐後裔當中最常見的遺傳疾病——纖維囊腫，是爲了適應耶爾森氏菌的流行而造成的結果。由於受這種病菌傳染的人若未接受治療，絕大多數會迅速死去，因此，能阻斷病源菌入口（包括皮膚、肺、腸）的策略，是保命的實際做法。」

中世紀歐洲的聖經中有黑死病的插圖

輯 3 歷史的誤解

現代馬桶有害人腿

根據歷史記載，高於地面的馬桶最早在五千年前出現。不過，在當時以及後來很長一段時間，抬高的馬桶座多半是供統治階級專用，一般農民還是蹲在挖了坑洞的地上方便。

隨著物換星移，如今住在已開發國家的人都遠離地面，坐上了抬高的馬桶座。坐著方便是舒服得多，也容易維持清潔；而且自從衛浴設備進入室內以後，坐式馬桶更是比較衛生，也不怕颳風下雨。

不過，很少人知道，抬高的坐式馬桶流行以後，幾乎就在同時，出現了一個奇怪的現象，那就是腿部、膝蓋疼痛，以及腿部抽筋的個案增加了；其中膝蓋疼痛的毛病，有時會給誤診爲關節炎。據估計，每十個人當中，就有七人出現過腿疼的毛病，但在一些仍使用蹲式馬桶的發展中國家，這種毛病就少見得多。

根據兩位美國研究人員的說法，這兩者之間可不是巧合。蹲踞行爲的式微，以及衣櫥、坐式馬桶、椅子的出現，代表我們使用腿部肌肉及關節的方式，與我們沒有腿疼毛病的祖先不再相同。這種改變使腿部肌肉與肌腱變短，疼痛也因此出現，研究人員稱之爲：腿部僵直症候群。

這兩位任職美國羅耀拉大學醫學院的研究人員看過不下一百名病人，多數都有膝蓋疼痛及僵硬的毛病，有的還出現小腿、膕後腱以及足部抽筋；每三位病人中，就有一位坐下後很難站起來。研究人員讓患者做一些簡單的伸展運動，基本上是模仿蹲踞的效用。

結果顯示，這些運動有即時且顯著的效果。有位轉診來的八十八歲老者，之前的醫生找不出造成他眩暈以及失去平衡感的原因，此外還有小腿、膕後腱抽筋，以及膝蓋痛與過動腳症候群的問題，醫生的處方也沒有幫助。但這兩位研究人員說，經過三十分鐘的蹲式伸展運動後，這位老者已經可以在醫院走廊上小跑步；四個月後，腳抽筋、膝蓋痛及僵硬、過動腳等毛病也沒有再犯，老者甚至每天走上一．六公里。

另一個病例是一位六十五歲的男性，曾因膝蓋痛及僵硬就醫長達十五年之久，研究人員讓他做一套伸展運動，短短半小時之後，他走起路來已不覺得疼痛，從坐姿直起身來站立時也無需雙手幫忙。

研究人員指出：「腿部抽筋以及膝蓋疼痛僵硬的主因，是肌肉得不到充分伸展，這是由於人類放棄了過去常用的蹲踞方式來聊天及方便，轉而坐到較高的椅子及現代馬桶上的後果。現代人所使用的馬桶及椅子，把我們的腿給弄壞了。爲什麼我們要放棄蹲姿呢？如果我們吃飯聊天的時候，屁股更靠近地面；想要方便的時候，就蹲到最近的地洞上一蹲，那會多麼方便省事。我們的腿部將更靈活，活動起來也會輕鬆得多。」

伊莉莎白女王一世其實是半個男人

儘管集美貌、聰明、機智於一身，英國伊莉莎白女王一世七十歲那年逝世時，卻是孑然一身，沒有配偶也沒有子嗣，也因此終結了統治英國超過一百年的都鐸王朝。

歷史學家對於女王終身未嫁的臆測，是說她有心理及情緒上的原因，有可能是童年時期與父親亨利八世處得不好，讓她對於男女床第之事有極深的反感。不過加拿大西蒙弗雷澤大學的一項研究指出，這種解釋不盡合理，並提出女王在生理上根本不可能有孩子，因爲她患有「睪丸女性化」的稀罕毛病，每五萬名女性當中只有一人會有這種症狀。這種毛病又名「雄性素不敏感症候群」，患者的基因型屬於男性，帶有一條X與一條Y染色體，但外表看來卻是女兒身，睪丸也隱藏在腹腔內。研究人員說，這種人的外生殖器是女性的，但陰道只是個小囊或根本沒有，子宮及輸卵管也都不存在或未發育，因此根本無法生育。

但如果女王眞的不孕，御醫不是應該早就曉得嗎？對於這種說法，研究人員加以駁斥，他們說這一點正顯示了當時醫術的膚淺，因爲都鐸王朝的醫生從不檢查病人的身體。研究人員確信，伊莉莎白女王從未接受過任何婦科檢查。

研究人員還說：「當時對女王生育能力的診斷，只會根據她的長相、行爲、星相，最多可能伊莉莎白女王一世的基因屬於男性？

加上檢查尿液及把脈。醫生也有可能詢問女王的經期如何，但可能性不大，女王多位御醫的報告裡都沒有提及這一點。」

研究人員發現伊莉莎白女王時代的一些報導，確實指出了一些不明且無法解釋的身體缺陷，導致女王一生都是「處女女王」。不過，以往歷史學家大多認爲，這些說法屬於街頭巷尾的流言及謠言，並未予採信。

由於近來醫學界對睪丸女性化症候群已有進一步的了解，因此研究人員認爲，有必要重新檢視當時一些人所提出的伊莉莎白女王的身體缺陷。

研究人員將該症候群的已知症狀與患者特徵，與時人對女王的報導及描述兩相比較，試圖找出伊莉莎白女王是否在基因上屬於男性，而有睪丸女性化的毛病。這種毛病已確認屬於遺傳疾病，很可能是由母親遺傳。這篇研究報告也指出，女王的母親博林皇后有六根指頭，這種多指畸形的毛病，與好些發育失常都有關聯。

研究人員指出：「睪丸女性化症候群患者進入青春期的時候，會有正常的乳房以及女性體態發育。這些人通常漂亮迷人，身材高挑，臀部苗條，四肢修長，手掌和腳掌卻很寬大，手指則很細長。」這些特徵都符合時人對女王的描述，伊莉莎白女王無論在外表、個性以及行爲上，都與患有睪丸女性化症候群的女性出奇相似。

精神分裂症改變了英國歷史走向

年輕的英王亨利六世（一四二一～一四七四）就像天之驕子，擁有一切：在十歲的稚嫩之齡就登上大統，被人形容爲健康、英俊、早熟，還不到十六歲就爲國家大事做決定，十八歲那年與法國議和；期間，還在劍橋成立了伊頓學院及國王學院。然而沒過幾年，情況就急轉直下，他不但無法料理國事，還在玫瑰戰爭中失去了王位；他的王后在放逐中死於貧困，獨子在戰爭中被殺，自己也遇害身亡，死後還被史家評爲軟弱、能力不足、頭腦簡單的昏君。

到底是哪裡出了問題呢？一位原本大有可爲、雄心壯志的年輕國王，怎麼就變成了舉棋不定、滿懷仇恨、不明事理的失敗者，落到一無所有的地步？

根據紐約布隆克斯精神病中心精神分裂科的奈格爾・巴克醫師所言，答案是精神分裂。他從當時的記載裡尋找線索，拼湊起來，得出亨利六世在二、三十歲時出現精神分裂症狀的結論。亨利六世在二十出頭的時候，就開始優柔寡斷起來，而且荒廢朝政。一四四七年，亨利六世認爲他的叔父漢弗萊（格洛斯特公爵）密謀弒位，於是將他逮捕下獄。在那同時，他又計畫大肆擴充國王學院及伊頓學院，要讓這兩所學院比所有教堂及學院都大。

巴克醫師指出，人格特性的改變，出現偏執、浮誇、嫉恨、猶疑等行爲，在患有精神分裂症的病人身上並不罕見。更關鍵的一點，根據記載，亨利在一四五三年三十一歲時，有長達一年半的時間無法思考，也無法治理朝政。記載中亨利的症狀包括緘默不語與極度消沉，兩者都可能是精神分裂的症狀；此外還有跡象顯示他有幻覺。

經過這個重大事件之後，亨利變得冷漠被動，失去了之前的衝勁與興致。他不再積極扮演國王的角色，甚至當他被迫遜位時，也不怎麼在意，反而是他的王后瑪格麗特出面幫他爭奪王位。

年輕的亨利六世

巴克說：「亨利六世生命中的改變，是精神分裂症的典型。從一個早慧、愛交遊且興趣廣泛的青年，雄心勃勃地籌畫建立了伊頓學院及國王學院，談了戀愛，結了婚；到年近三十時，變得越來越浮誇、偏執、猶疑以及嫉恨；後來精神狀況更是急轉而下，變得沉默退縮，冷漠、了無生趣，無法正常生活。」

「亨利的故事告訴我們，精神分裂症可以把一個人以及家族弄垮，並改變了歷史的走向。要是亨利六世沒有罹患精神分裂，失去治國能力，約克公爵也不會篡位，亨利七世就更不可能繼位，接下來也就不會有亨利八世或伊莉莎白一世。」那麼，英國宗教改革運動，乃至於大英帝國的海外殖民很可能也都不會發生。

自燃現象解開歷史謎團

漢彌爾頓是一位七十一歲的數學教授，某個寒冷的冬日早晨，他站在自家屋外，突然感到一陣如同蜜蜂叮咬般的刺痛。他低頭一看，一條約十公分長的藍色火焰正從他腳上冒出。任何人碰上這種事，都會驚嚇不已，他趕緊拍打自己的腳，想要把火拍熄，但卻徒勞無功。最後他用手包住火焰，不讓火接觸空氣，才終於將火弄熄，但腳上卻留下一塊大疤。

漢彌爾頓教授的倒楣遭遇，被研究人員當成超自然燃燒或人體自燃的例子，這是一種可產生局部強烈高熱的現象。這種現象還可以用來解釋一個謎團：杜林裹屍布上的痕跡。

研究報告指出：「杜林裹屍布上看起來有一個被釘在十字架上的遺體圖像，很有可能是灼燒的痕跡。有關杜林裹屍布的報導，跟超自然燃燒現象的報導有許多吻合之處。」

稱爲「杜林裹屍布」的這方古代麻布，有人說是歷史上被研究得最多的文物。麻布上似乎有個被釘死在十字架上的男子輪廓，有許多研究者相信，那是耶穌安葬時，覆蓋在他身上的布，據說麻布上的形象跟耶穌復活有關。

杜林裹屍布的可信歷史，至少可追溯至六百年前的法國北部。不過有些歷史學家認爲，這塊布還可以上溯到君士坦丁堡；傳說公元九四四年時，有一塊上面有神奇圖像的布，被人從伊德薩帶到了君士坦丁堡，到了一二〇四年第四次十字軍東征時，這塊布又丟失了。

這篇研究報告指出，杜林裹屍布上的圖像，很可能是由發熱物體造成的。然而死屍要灼燒出這樣的痕跡，似乎又不大可能，這也是爲何長久以來，裹屍布上的圖像都被認爲是超自然現象的結果，也就是死者復活。不過大家都忽略了，確實有個自然現象能產生這種高熱：人體的超自然燃燒，也就是人體會無端冒出火焰。

雖說自燃現象充滿爭議，很多人都把它當作現代神話，但還是有人提出好些理論來解釋這種現象。有所謂的「燈芯效應」，說的是死者衣服吸滿了融化的體脂肪，不小心點燃時，就會像蠟燭的燈芯般燃燒。還有「靜電理論」，是說身體有靜電堆積，產生火花將衣物點燃，再因融化的體脂肪持續燃燒。從少數自燃現象目擊者收集而來的證據顯示，火燄通常從背部或腿部冒出，一開始是小撮藍色火焰，然後迅速蔓延以至吞噬全身。

這篇報告指出，雖然超自然燃燒還有許多未解之謎，但許多已知部分都與杜林裹屍布的證據吻合，例如都有明顯的灼燒痕跡、沒有遺體、殘留礦物質（特別是鐵與鈣）及有機物質，加上《新約聖經》中記載了發現空墓者的震驚，這些都支持屍體自燃的可能性。

報告的結論是：「這裡有兩種不同解釋，一是奇蹟（復活），一是奧祕（超自然燃燒），當科學家面對這樣的情況時，通常的做法就是揮動奧坎姆剃刀（解釋越簡單越好的推論原則），選擇最少未知因素的那一個當作作業假說。」

報告還說，如果耶穌的屍體眞的是因爲自燃而燒毀，基督信仰的早期歷史及傳統將會受到莫大的打擊。

杜林裹屍布

杜林裹屍布是一塊麻布，上面有著看起來像被釘在十字架上的男子圖形，傳說耶穌被釘在十字架上死去時，就是用這塊布包裹。但懷疑論者認爲，裹屍布只不過是中世紀的僞造產物。1988年，這塊布曾經以碳測定年代，結果顯示是公元1300年左右的產物；但也有學者出書分析檢測的錯誤。目前，杜林裹屍布保存在義大利的杜林大教堂，實際年代仍然沒有定論。

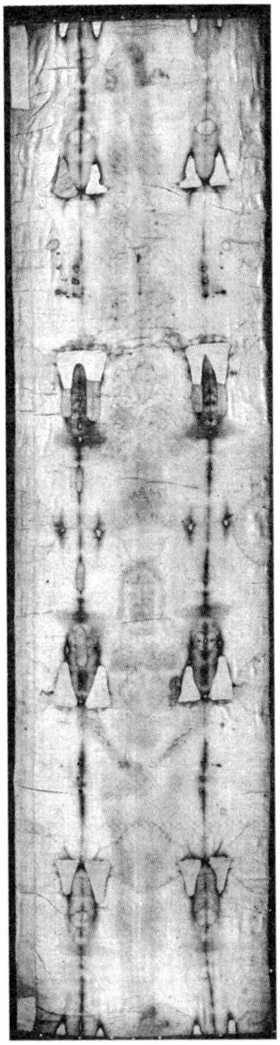

杜林裹屍布上面有
疑似男子被釘在十字架的圖形

濃煙讓尼安德塔人走上絕路

一八五六年夏天，一批採石工人在德國鄉下一處偏僻洞穴得出一項歷史性的發現，造成轟動，至今爭議仍然未消。

這批採石工人在當時鮮爲人知的尼安德谷地（德文的谷地是Tal，發音「塔」，故該地名德文發音即「尼安德塔」）炸開一處石灰岩洞穴，在裡頭意外找到一副骨骸，引發了一場延燒至今的激烈辯論。

尼安德塔人到底是現代人的祖先，還是不同的物種？最讓人好奇的是：他們發生了什麼事？爲什麼在一眨眼的瞬間（從演化的角度）就這樣消失無蹤？

生活在歐亞大陸西北地區的尼安德塔人，在適應了冰河期氣候至少二十萬年之後，在三到四萬年前，突然就從地球上消失了。滅亡的原因是什麼，他們沒有留下任何線索，因此也就出現許多分歧的理論。其中之一是，他們遇上更優秀的物種，而遭到殲滅；另一理論則歸罪於氣候變遷。

挪威國家公共衛生研究院及奧斯陸大學的研究人員提出新的理論，把尼安德塔人的滅絕歸罪於全然不同的理由：洞穴裡的濃煙。研究人員說，尼安德塔人的絕種，可能與他們在洞穴及石室內生火，而長期暴露在濃煙汙染物下有關。這種汙染的效應可能十分強大，以至於引起基因突變，最後導致滅絕。

研究人員指出，露天生火會產生大量懸浮汙染物、灰燼以及煙霧，這些汙染物都會引起急、慢性疾病，特別是孩童的呼吸速度比成人快，在同等體積的空間中，會吸入更多的汙染物質。這些汙染物不只會影響眼睛與皮膚，還會損害正在發育成熟的孩童大腦、器官以及免疫系統。

戴奧辛是燃燒木料所產生的汙染物之一，一公斤木材可產生高達〇．一六毫克的戴奧辛，經證實這種有毒化合物與包括癌症在內的重大疾病有關。

這個理論的另一條論點採用了吸菸的研究結果。研究發現年輕時就開始抽菸的人，會影響後代的健康。研究人員說，這讓我們有了全新且跨越世代的觀點，來看待環境對健康的影響。

另外，在動物身上進行的研究顯示，懷孕母鼠接觸了毒物，會造成雄性了代不孕的機率增加。這種缺失將由雄性的生殖細胞傳遞，可影響接連四代的所有雄性。

研究人員說，環境毒物能夠改變生殖細胞攜帶的程式，而在後代引起疾病，這一點對於演化生物學有重要的寓意，對尼安德塔人可能也是如此。上述實驗動物接觸到的毒素，與露天生火所產生的毒物類似，因此，「濃煙毒物對DNA造成的外遺傳改變，以及對身體健康的長短期影響，很可能導致了尼安德塔人的絕種。」

英國怪病其實是炭疽症

那是歷史上最神祕的疾病之一，最早的病例出現於一四八五年，最後一個在一五五一年。從那以後，就不曾再出現過一個病例，至於致病原因仍然是謎。

在那段期間，總共爆發過五次所謂的「英國發汗病」大流行，造成數以千計的人死亡。一般相信，英王亨利七世的王儲亞瑟．都鐸就是死於此疾；亨利八世的第二任妻子博林可能也曾遭到感染，但後來康復了。

根據當時的報告，染上這種病的人有發高燒及大量出汗等症狀，致命性頗高。患者染病後很快就倒下，有的甚至在幾個小時後就死亡。

雖然從來沒有人眞正找出引起這種病的原因，但也並非無跡可尋。例如患者以男性爲主，特別是住在鄉間的人。這些人在發病前大多身強體健，染病時間大多數都在夏末時分。

有關這種病的成因，曾有過許多理論，大多數不是指向這個病毒、就是那個病毒，但這麼多年來，研究人員始終未能得出一個符合所有證據的解釋。

一直要到二〇〇一年，「美國炭疽事件」發生了。「美國炭疽事件」是美國聯邦調查局某個檔案的名稱，裡頭收錄的是九一一事件恐怖分子摧毀世貿雙子星大樓之後一週所發生的事：有幾封寄到美國住址的信件，裡頭裝了大量的炭疽菌孢子，結果有十三人因吸入炭疽菌發病，其中五人不幸死亡。根據頭十位受害者的病例紀錄，大多數病人一開始都出現明顯的出汗症狀，包括夜裡冒汗、渾身溼透的出汗，以及大量發汗等。

這些症狀與英國發汗病的症狀極爲相似，讓美國馬里蘭州的麥史威根覺得頗不尋常；此外，兩者之間還有其他相關之處。炭疽症較常出現在農業地區，患者以男性爲主，一如發汗病。炭疽菌可在土壤中存活好多年，也與發汗病在英國肆虐長達七十年之久若合符節。

麥史威根說，之前沒有人想到炭疽菌可能是引起英國發汗病的病因，是因爲吸入炭疽菌的病例紀錄很少，而且經由皮膚或腸道感染引發的炭疽症，並不常出現發汗的症狀。

他的研究也發現，當時治療發汗病的英國醫生留下的報告，提到有些病人身上出現黑色斑點，有可能就是炭疽症患者身上經常可見的斑點。

他還發現，大多數的發汗病患者，是十五到四十五歲的青壯年男性。而羊毛料及動物毛髮是炭疽孢子的常見來源，這些患者當中，有許多可能從事當地的羊毛產業。潛伏在毛料、體毛以及牧草中的炭疽孢子，可以存活很長的時間。

麥史威根說：「要不是工業化普及後，把整理羊毛及獸毛以供販賣的工作移入室內，吸入性炭疽症大概只會是一種稀少且神祕的現象。炭疽孢子的持久性，加上人類與受汙染農地及農產品接近，無疑提供了許多感染的機會。」

多吃鯡魚不得心臟病

鯡魚有「銀色甜心」之稱，一度是英國最多人食用的魚類。

一九一三年，單單大雅茅斯一個漁港，就有一千艘漁船卸下了十二億條以上的鯡魚；同年，羅斯托弗港則有五十億條的漁獲。不過由蒸汽推動的流刺網漁船於一九〇〇年左右出現後，以拖網捕捉白魚變得容易得多，白魚於是逐漸取代了鯡魚。在六十年間，隨著人們口味的改變，鯡魚不再是具有商業價值的漁獲。深海魚類以及像鱈魚及鰈魚之類的白魚，成爲當紅漁產，而在英國菜單上有過四百年歷史的油膩小魚——鯡魚，則不再受人青睞，一度是英國及許多歐洲地區主食的鯡魚，消耗量降至谷底。

在鯡魚退流行、人們不再食用鯡魚多年之後，心臟病例卻開始攀升。事實上，有關數據顯示，鯡魚的消耗量下降與心臟病的盛行率增加是同步發生的。兩者之間是否有關聯？以前的人食用鯡魚，是否保護了他們免受心臟病及相關疾病之苦？

現代科學研究顯示，像鯡魚這類油脂含量高的魚類，其中所含的必需脂肪酸不但可降低心臟病及中風的風險，對免疫及發炎性疾病也有好處。今天有數以百萬計的人每天服用脂肪酸補充劑，防治各式各樣的病症，從心絞痛到骨性關節炎不等；同時，在一些廣泛食用高油脂魚類的國家，好比日本與格陵蘭，心臟病的盛行率就沒那麼高。

白魚體內就不含這種不飽和脂肪酸。根據這篇研究報告，鯡魚攝取量下降，代表人們可能失去了一種防護心臟病及其他身體毛病的天然做法。報告中還說，多發性硬化症這種毛病，也可能與缺乏脂肪酸有關。

報告中指出：「英國居民幾乎是在突然之間停止食用傳統的油性魚類，而在同時間，心臟冠狀血管阻塞之類的新毛病就冒了出來。鯡魚的油脂裡含有某種必需脂肪酸，有抗血栓的功效，一些新疾病的出現，如冠狀動脈心臟病，可能就是因爲這種油脂的吸收大幅減少造成的。」

曾經是英國當紅漁產的鯡魚，含有豐富的必需脂肪酸

波灣戰爭症候群原來是對牛肉過敏

好些年來，醫生和科學家對於許多參加過第一次波灣戰爭的美國軍人，返鄉後出現原因未明的多種症狀，一直感到困惑不已。包括創傷後壓力失調、接觸了化學武器（特別是神經性毒氣）、油井燃燒廢氣、殺蟲劑、貧化鈾武器、溶劑與侵蝕性液體等因子，都有人懷疑並做過調查，但都沒有找到可信的關連。

如果這些都不是問題所在，那麼究竟是什麼造成了波灣戰爭症候群呢？

根據約翰霍普金斯大學的研究，罪魁禍首是對牛肉過敏。這項研究提出，這些軍人在上戰場前或是在戰地，為了預防各種病菌及毒素的感染，都接受了疫苗注射，卻可能無意中造成了對漢堡及牛排的過敏。由於疫苗的製作使用了牛肉製品，因此可能造成軍人對牛肉的蛋白質產生過敏。這就是為什麼這些軍人返鄉後，重新接觸漢堡、牛排以及其他牛肉製品時，就出現了典型的波灣戰爭症候群：疲倦、皮膚長疹子、肌肉與關節疼痛、頭痛、記憶喪失、呼吸急促、胃與呼吸出現問題等。

波灣戰爭症候群的問題相當嚴重，芝加哥大學的一份報告引用了美國職業與環境醫學院的數據，指出目前至少有十二％的波灣戰爭退役軍人，因為波灣戰爭症候群而接受各種傷殘補償。

根據這個牛肉漢堡假說，美國軍人接受的免疫注射計畫，包括針對肉毒桿菌以及破傷風桿菌毒素的製劑，確實提供了保護作用，但同時也引發身體對疫苗的其他成分、特別是牛肉蛋白質產生過敏，因爲小牛血清是培養上述有毒微生物常用的材料。結果有些軍人接受疫苗後，對牛肉蛋白產生了抗體，不過由於在波灣戰場上，這些軍人的食物供給是沒有牛肉的，因此他們在當地並沒有出現過敏反應。這一點與波灣戰爭症候群有延遲發作的情形正好符合，在許多病例中，症狀都是在軍人返鄉後才逐漸浮現的。

這份研究報告還指出，牛肉蛋白攝入人體後，通常儲存在關節組織，而波灣戰爭症候群患者最常出現的症狀，也是關節疼痛。

如果問題關鍵眞的是對牛肉過敏，那麼患有這種症候群的退伍軍人只要不吃牛肉，症狀應該就會減輕。這篇報告建議，這些軍人應該嚴格採行素食至少三到四個月，以確定體內不再含有任何牛肉蛋白；之後，他們可以食用豬肉、羊肉或雞肉等其他肉類，而不會發病，但若食用牛肉，症狀就會復發。

前人生火，後人免得肺癌

那時的天氣應該很冷，眞的很冷——現代人離開赤道非洲還不算太久，歐洲與極地的冷冽氣候，應該會讓他們很難適應。

隨著現代智人的足跡再擴展到北歐，並經由東亞、越過極地抵達美洲，氣溫降得更低，夜晚也變得更長。加上當時發生了有史以來最大規模的火山爆發（多峇火山），灰燼蔽日，有好些年全球平均氣溫下降了至少攝氏五度。在那樣嚴峻的氣候下，一天二十四小時都生著火，作爲取暖、煮食以及防禦之用，將不可避免。身旁有沒有火，可說是攸關生死的大事。

問題是太靠近火源，尤其是靠近火堆冒出的煙，對健康會有長期的影響。隨著地球人口減少（有研究顯示多峇火山的爆發，使人類達生育年齡的男女僅存一萬對），那些對煙害有最大抵抗力的人，在演化的強大壓力下，將有最大的生存優勢。

對寒冷氣候產生適應，已證實會引起基因變化。譬如北方亞洲人的上眼皮，要比非亞洲人厚得多，一般相信這是爲了保護眼睛免受風吹以及冰雪反光而演化出來的。

紐約州立大學的研究人員相信還有另一種適應，就是對煙的適應。他們的理論是，由於人類接觸有毒煙害的機會越來越多，形成了天擇壓力，因而發展出適應力。換句話說，一種具有耐煙能力的基因突變，將逐步演化出來。如果眞是這樣，我們將可能在這些從赤道出走的移民後代身上，發現對肺病更強的抵抗力。

的確，有些遺傳研究顯示不同族群的人，肺癌的好發性也有所不同。爲了測試研究人員所謂的「火堆邊理論」，研究團隊從美國國家癌症協會以及美國肺臟協會收集了肺癌發生率、肺癌死亡率，以及抽菸流行率的數據，來看看其中可有任何差異。

結果顯示，祖先來自不同地區的不同民族，肺癌的發生率及死亡率有顯著的不同。以非洲裔男性來說，肺癌罹患率是白種高加索裔男性的一．五倍、亞裔男性的二．一四倍、阿拉斯加人或北美原住民的二．七一倍，更是南美裔的二．八九倍。另外，男性肺癌罹患率是女性的二．一倍，死亡率則是二．五倍。研究人員說，這樣的結果顯示，無論種族血緣，男性都要比女性更容易罹患肺癌，因爲不管抽菸流行率如何，這種差異都是一致的。研究人員認爲，這點也支持他們的理論，因爲在狩獵採集社會，男性大多數時間都外出打獵，遠離火源，因此也較少有機會接受這方面的選擇，而發展出對火堆濃煙較有抵抗力的後裔。

研究人員的結論是：「將人類學的資料與肺癌發生率、肺癌死亡率數據放在一起看，結果與我們的假說相符；亦即人類在演化過程中，不同地區族群仰賴火源取暖的程度不同，肺癌好發性也面對了不同程度的選擇。再者，有遺傳學證據顯示特定種族的肺病好發性出現基因突變，加上肺病好發性的性別差異，都支持這個假說。」

炸藥害死諾貝爾

發明炸藥的諾貝爾在死前幾年，就讀到了自己的訃聞。那是一份法國報紙犯的錯，訃聞中形容這位瑞典化學家是死亡販子：「以發明比以往殺人更多更快的方法而致富的諾貝爾博士，於昨天逝世。」

諾貝爾很富有，這點無庸置疑，他的遺產至今仍在資助諾貝爾獎。問題是，他是否因爲他的發明而付出巨大的代價？他最後眞的過世時，會不會也是被炸藥害死的？

根據記載，諾貝爾於一八九六年死於義大利，死因是中風。但斯里・康薩在評估了各種證據之後提出，多年來不斷與硝化甘油接觸，可能導致了諾貝爾的死亡。

康薩檢視了各種私人紀錄，包括諾貝爾的信件以及同事的觀察。他還分析了諾貝爾的工作及事業，並將他的症狀及行爲，與硝化甘油中毒的新近資料相比對。

毫無疑問，諾貝爾接觸硝化甘油的時間長達三十三年以上，這期間有時還接觸得很密。他大多獨立作業，很少有幫手，而且根據記載，他一天工作十八小時是家常便飯。他做過的實驗數以百計，多年下來總共獲得了三百五十五件專利，數量驚人。

根據諾貝爾助手索爾曼的紀錄，諾貝爾的健康於一八七〇年代末期開始變差。在世的最後十

長時間與製造炸藥的硝化甘油為伍，可能導致了諾貝爾的死亡

裡，他飽受重度抑鬱及心絞痛所苦。據說他很容易感冒，對氣候變化很敏感。他曾經抱怨自己患了壞血病，並寫下一段話說，醫生開給他的處方是辣根與葡萄汁，對他沒什麼用。

在一封信裡，諾貝爾也描述了偏頭痛及心臟病的症狀。康薩說：「寫那封信時諾貝爾才五十四歲，離他過世還有八年。可是他對自己健康問題的描述，卻讓人看出端倪。他不斷提到嚴重的偏頭痛及心絞痛，顯示諾貝爾正受硝化甘油中毒所苦。」

硝化甘油中毒的效應，直到近年才完全為人所了解。如今我們知道，持續接觸高量的硝化甘油，可引發對心臟重要的動脈痙攣，而造成心臟問題。其他硝化甘油中毒症狀還包括頭痛、噁心、嘔吐、腹部痙攣、抽搐、低血壓以及暈眩等。

康薩說：「你如果把硝化甘油的中毒症狀，拿來與諾貝爾對自己身體疼痛的描述連在一塊兒看，他得的是什麼樣的病就很清楚了。不管是在實驗室或在爆破試驗中，諾貝爾長時間與硝化甘油為伍，期間長達三十多年之久，自然讓他不斷接觸這種化合物。從他信中對自己身體疼痛的描述、從他獨自工作的習慣以及他死後多年才為人所知的硝化甘油的毒性，我得出的結論是：硝化甘油中毒應該是造成諾貝爾生病及早逝的原因。」

諷刺的是，諾貝爾還活著的時候，低劑量的硝化甘油已經用來治療心絞痛病人，至今亦然；主要是硝化甘油具有放鬆血管的作用。諾貝爾是將硝化甘油轉變成炸藥的人，而他死前不久曾這麼寫道：「醫生竟然開硝化甘油給我內服，眞是命運弄人啊！」

輯 4 叫床與不舉之必要

爲什麼女人會叫床

噢、噢、噢……人——特別是女人，做愛時爲什麼會呻吟並呼吸急促？我們終於有了一個解釋。

性興奮時過度換氣，會讓人進入近乎神迷的狀態，而造成腦部受抑制較少的部位變得較爲強勢。過度換氣也會降低供應腦部血流的壓力達五十%之多，並且改變血中二氧化碳的濃度，兩者對腦部都有影響。

德國漢諾威醫學院的研究人員指出：「呻吟以及過度換氣是一種心理生理機制，可加深性興奮的神迷狀態。在此之前，科學界對性交時過度換氣到底有什麼意義，可說是一無所知。」

性交時身體會出現生理及心理變化，其中許多是由荷爾蒙決定的，而且大多數顯然都爲了促成肉體完成交配這個終極目的。但在身體沒有需要的情況下，也出現自發性的急促呼吸，卻一直找不出合理解釋。

在某些人身上，短暫的過度換氣可引起焦慮，也可引起幸福的感覺。某些非洲部落的人會刻意過度換氣，來達到神迷的狀態。研究顯示，呼吸急促對身體及大腦會有重大影響，例如動脈裡二氧化碳的濃度下降，壓力相關荷爾蒙與其他一些荷爾蒙的變化，肌肉與神經活動的改變；皮膚也變得更敏感，觸覺、嗅覺也加強了。

研究人員說，現有的少數研究顯示，無論男女都會出現呼吸型態的改變，「但在女性身上更明顯，這一點有各種傳聞軼事可作爲佐證：女性會發出更多呻吟以及其他的聲音。」做愛時的過度換氣，可能有強化性興奮、神迷狀態以及性高潮的效果。

更重要的是，這些改變對於腦中一些重要部位會有不同的影響。腦部掃描的實驗證據顯示，做愛時大腦皮質的耗氧量有顯著下降，邊緣系統的耗氧量下降幅度則非常有限。研究人員認爲，這種差異讓腦與行爲的控制方式有所改變，腦皮質的控制下降，可導致邊緣系統接管了我們的經驗與行爲；邊緣系統是掌管情緒的腦區，可去除壓抑。由於情緒腦區當家，使用理智思考機制來取得控制的能力也就降低了。

研究人員說：「這一點可以用腦中個別區域的活化與分離來形容，在這種情況下，大腦會以較爲原始的模式運作。」

男人不舉之必要

越來越多的老年男性靠藥物來治療不舉，但這種做法可能違反了演化的安全機制。根據一項研究，男性不舉（或稱勃起障礙、性無能）以及生育力隨年紀下降，都是爲了避免卵子與老化有缺陷的精子受精而演化出來的機制。

勃起障礙在上了年紀的男性身上很常見，單看這個毛病的普遍程度，以及對繁衍的影響之鉅，理論上應該有演化學上的解釋。研究人員的說法是，老年男人之所以有這個問題，理由是不讓他們傳宗接代，以免將精子裡隨著老化增多的基因突變傳給後代。

當男人及他的精子到達了「有效期限」，大自然早已事先安排好讓舊器官報廢，也就是造成性無能，藉此避免或大幅降低有缺陷嬰兒的誕生。再來，也免除了懷孕母親耗費時間及精力，孕育有更大機會流產的胎兒。

以色列耶路撒冷哈德薩大學醫學中心的泌尿科醫師戈福瑞指出，物種的存活與否，取決於父母能否將健康的遺傳物質傳給小孩。如果讓過多有缺陷的精子過關，就會造成流產以及資源的浪費，也可能導致更高的死亡及基因突變風險，對於爲人父母者而言，都是負擔。

一般相信，男人年過三十以後，睪丸就開始老化及功能下降，表現出來的是某些組織變薄、某些則增厚，精子數變少、精液量下降、活動力變低。研究顯示，女性的另一半如果年過五十，受孕率將下降二十三%到三十八%。

這篇研究報告指出，做父親的年紀越高，小孩越容易有一些健康問題，如顎裂等多種先天缺陷。如果父親的年紀超過三十五歲，自然流產的風險會上升二十七%；另一項來自丹麥的研究還發現，父親的年紀如在五十歲或以上，胎兒流產的機率將增加一倍。

胎兒受孕時父親的年齡，也與小孩後來出現精神分裂及其他精神疾病的機率有所關聯。一項瑞典的研究指出，父親的年紀每增加十歲，小孩得精神病的機率就增加四十七%。另一項英國的研究則發現，父母的年紀越大，小孩罹患某幾種血癌的機會也越高。

爲了降低上述風險，大自然就演化出男性的性無能，其發生率會隨年齡增加：從十八至二十九歲男子的七%，到五十幾歲男性的十八%，再到八十歲以上男性的七十六%。據估計，四十五歲的男性當中，性生活活躍的有七十六・一%，但八十歲的男性則只有十六・七%。

戈福瑞醫師指出：「年老或是有病的男人確實可以讓女性懷孕，只不過這會有許多潛藏的壞處。老男人或病人所提供的遺傳物質較不穩定，年老父親對懷孕妻子及子嗣所能提供的支援也較差。所有這些顧慮，都不利於物種的存活。我認爲大自然演化出兩個互補的機制作爲制衡，一個是降低生殖力，另一個則是不舉。如果這個假說屬實，那麼針對勃起障礙的所有治療，好比威而鋼之類的磷酸二酯酶5抑制劑，就與達爾文發現的天擇演化過程相牴觸了。」

懷孕中性行為可引起高血壓

子癇前症至今仍是個謎。雖然這種毛病相當常見，全球每年有四百萬名孕婦出現這種毛病，但成因是什麼卻沒有人知道。這個毛病的主要特徵，是高血壓以及尿中出現某種蛋白質，症狀包括體重突增、頭痛以及視力變化。

懷孕子癇舊名毒血症，因為以前的人認為這種病是由血中某種毒素引起的，如今已證明那並不正確。目前能解釋子癇前症的理論有十幾個，包括子宮血流不足、血管受傷、免疫系統問題、飲食欠佳，以及缺少幾種礦物質等。

紐約市愛因斯坦醫學院的一項研究提出了另一種解釋：子癇前症是由懷孕時的性生活，以及性生活對孕婦身體的影響所引起的。

研究人員之所以會懷疑這有可能是病因，是由於待產室的醫生無意間觀察到，患有子癇前症的產婦通常由男士陪伴前來，而沒有這個毛病的產婦，則多由女性伴隨。

在後續的研究裡，研究人員隨機挑選了七十二位懷孕少女，詢問她們懷孕期間的性生活。診斷出子癇前症的二十二位少女，在受孕後全都有性行為，其中十九位在整個懷孕期間性生活不曾間斷，另外三位則只在懷孕初期三個月有性生活。懷孕期間沒有過性行為的有十三位，她們都沒有出現子癇前症；剩下的三十七位則有性生活，但沒有出現子癇前症。

至於性行爲如何在某些孕婦身上引起子癇前症，目前並不清楚。感染病菌及壓力反應都有可能，但研究人員認爲更可能的肇因，與精液裡所含的物質有關。精液含有的許多化合物裡，前列腺素E2是其中之一，這是一種類似荷爾蒙的物質，與血壓的控制有關。另一個可能是，精液裡的其他物質引起女性身體產生防禦性抗體，然後再影響到血管以及血壓。

研究人員還說，這個說法可以合理解釋爲何子癇前症的病例紀錄，在一次及二次世界大戰時的德國有所下降，而在西班牙馬德里圍城時則有所增加；大戰期間，男人大多離家上戰場，而在西班牙圍城時，男女則有更多時間相處。

這個理論也能解釋爲何有些婦女第一次懷孕時沒有出現子癇前症，但第二次懷孕而且是跟不同的伴侶時，卻發了病。可能的理由是：頭一回懷孕時，這些婦女與伴侶沒有性生活，但第二次懷孕，換了新的伴侶，就有了性生活。

研究人員指出：「子癇前症可能由性交引起的這種說法，對於動物之中沒有這種毛病，以及人類發病的一些相關事實，都提供了可能的解釋。動物不會自然出現這種疾病，是已知的事實，因爲雌性動物的交配，完全取決於體內的荷爾蒙狀態，因此牠們在懷孕期間是不會交配的。至於懷孕初期的性行爲，可能經由幾種方式引起這個毛病，包括感染及壓力反應，但可能性較大的原因，則與精液的成分有關。」

輸精管結紮後較不易得攝護腺癌

再沒有一個器官像攝護腺那樣，給男人帶來這麼多快樂以及痛苦的了。

在快樂的時光裡，攝護腺提供了精液主要的液體來源，並在射精時扮演重要的角色。然而在痛苦的時刻，攝護腺卻常受癌症及其他沒那麼嚴重的疾病所苦。

攝護腺癌是英國男人最常見的癌症，每年有超過三萬個經診斷得攝護腺癌的新病例，此外，還有許多沒有診斷出來的患者。每十二位男性當中，就有一位在一生中會被診斷出罹患攝護腺癌。

至於引起攝護腺癌的原因，目前仍不清楚；基因、飲食、年齡、種族、生活習慣以及藥物等都有可能。同時，攝護腺癌也沒有預防之道；或者有，但我們不知道？

根據印度生殖研究院的研究，輸精管結紮的男性罹患攝護腺癌的機率可能較低。這項研究顯示，輸精管結紮之後，攝護腺分泌的各種物質都減少了，顯示攝護腺可能有所萎縮。

輸精管結紮是男性節育的重要途徑，結紮手術相對來說簡單。好些研究顯示，這種手術對男性荷爾蒙量及性生活沒什麼影響，但至於其他方面的影響，卻沒什麼人做研究。

研究人員將七十四位做過輸精管結紮的男子血中各種物質的含量，與年齡相當、有生育力男子的數值作一比較，結果顯示，包括酸性磷酸酶、麥芽糖酶、泌乳素、檸檬酸、鋅及鎂等攝護腺會分泌的各種物質，在輸精管結紮的男子血中，濃度都低得多。

研究人員說，這樣的結果顯示輸精管結紮會讓攝護腺的功能下降，攝護腺的重量及體積也因此減少。他們指出，男性在輸精管結紮後，就不會有精子進入攝護腺，因此也就無法參與惡性腫瘤的生成。另外一項好處是：輸精管結紮的男性，通常會有更多性行爲；研究人員引用另一項研究的結果指出，如果精液留在體內過久而未射出，罹患攝護腺癌的機率會增加近八十％。

這篇研究報告指出，液體在攝護腺內堆積，加上感染，會導致精子進入攝護腺細胞，引發惡性反應；在輸精管結紮的人身上，這種情況就不會出現。

研究人員說：「我們提出的假說是：輸精管結紮可能降低攝護腺癌的發生率，理由是輸精管結紮後，精子自然就不再進入攝護腺。此外，輸精管結紮後，由於不再擔心會懷孕，性交的頻率有可能增加，而這將可能減少攝護腺的液體殘留或分泌。」

單相思的解藥

幾千年來，人類從沒停止過對增進性慾以及性能力藥方的尋求。這麼多年下來，幾乎什麼方子都有人嘗試過，從乾甲蟲、辣椒與生蠔，到鹿茸、虎鞭，不一而足。每種春藥都有愛用者，好比西洋文化史中著名的大情聖卡薩諾瓦，就將他的成功歸因於把生蠔當早餐。而一些研究也證實，某些春藥確實有幾分道理。

然而，詩人、哲學家以及科學家也不斷探討讓人墜入愛河的化學作用到底是什麼，卻沒有人尋求治療迷戀以及單相思的解藥，直到最近。

根據美國阿拉巴馬大學以及伊朗大布里士醫學大學的研究，爲情所苦者的救星，很可能就是幾樣荷爾蒙，如褪黑素及催產素。

激烈的浪漫愛戀是普世現象，那是情慾與情感交織的複雜混合體。已經確知的是，在愛戀發作的初期，會伴隨著特殊的生理、心理以及行爲改變，例如狂喜、迷戀、熱切、專注於某個愛戀對象、在情感上與肉體上渴望與愛戀對象親近等等。

有些研究人員認爲，這樣的愛戀是一種不同於肉體性衝動的特殊情緒，也更難控制，它經由腦中負責報償的系統運作，多巴胺這種腦中化學物質扮演了重要角色。而解除這種情緒的關鍵，就在靠近腦部正中央、豌豆大小的松果腺，因爲松果腺會分泌褪黑素。褪黑素與身體的日夜週期調控有關，對體內的約日節律扮演著重要的角色，主要在夜間分泌，因爲它會受光照的抑制。

但褪黑素可能還有別的作用。研究人員指出，褪黑素在腦中某些區域，具有對抗多巴胺的作用。此外，松果腺還會分泌另一種荷爾蒙：催產素，研究發現這種荷爾蒙在浪漫愛戀中扮演著關鍵角色。

這篇研究報告以〈單相思的解藥？松果腺產物的可能「療效」〉爲題，研究者認爲給予上述兩種松果腺荷爾蒙，就有可能治療單戀。

他們的結論是：「我們提出假說：松果腺荷爾蒙有可能讓愛戀的感覺減弱，特別是在剛開始的時候，因爲這些荷爾蒙具有對抗多巴胺的性質，對尾核也有抑制作用；尾核是腦中負責愛戀生成的重要區域。因此，想要減弱情緒強烈的愛戀，外加給予褪黑素及催產素，可能是有效的治療。」

18 世紀享譽歐洲的大情聖卡薩諾瓦

為情所苦者的救星，很可能就是幾樣荷爾蒙。

愛情靈藥

一見鍾情、墜入愛河的經驗，很多人都有過：成天茶不思飯不想，腦中只有情人的一顰一笑，心中只願與情人長相廝守。這樣的感覺常給稱為「浪漫愛」，也有人說是「神聖的瘋狂」，那當然是與生物求偶的本能息息相關，否則不會那麼強烈。不論這分愛意有沒有達到傳宗接代的目的，都會隨時間而逐漸消退，不會永遠持續下去；這一點也是好事，不然我們沉溺其中，就什麼事也做不了。

到目前為止，科學家已經在腦中發現了不只一種化學物質，與浪漫愛有關，其中尤以多巴胺及催產素最為重要，有人稱之為「愛情靈藥」。多巴胺是一種神經傳遞物質，主要負責身體動作與正向情緒的調控，傳遞興奮及開心的信息，因此與情慾及上癮都有關聯。戀愛的幸福感及服用成癮藥品（古柯鹼、安非他命等）的快感，都是腦內產生大量多巴胺作用的結果。

至於催產素具有雙重身分，它在女性分娩時促進子宮收縮以及哺乳時促進乳汁射出，屬於荷爾蒙的作用，經由血流傳遞；但在促進母性行為以及建立男女親密關係上，則屬於神經傳遞物質的作用，從上一個神經細胞傳給下一個。

冬季抑鬱讓人「性」趣缺缺

在冬季發病的抑鬱症，除了表面看得到的症狀外，可能還有更多隱藏的毛病。

過去的人一直以爲，季節性情緒障礙（seasonal affective disorder, SAD）只不過是身體對冬天的低溫及漫漫長夜產生的反應，症狀有情緒低落、不想動、不想見人、性慾降低、食慾增加、體重上升等。而這種毛病的發病率，也的確隨著離開赤道越遠，就變得越頻繁。

情緒隨季節變化的案例，數千年來都有記載。季節性情緒障礙的症狀幾乎都是由缺少光照所引起，但爲什麼有數以百萬計的人會因此受苦，卻是未解之謎。有沒有可能說，目前視爲疾病的季節性情緒障礙，其實是一種演化出來的優勢，至少在近代以前是如此？

根據英國亞伯丁皇家康希爾醫院研究人員的說法，冬季抑鬱可能是一種讓人對性行爲不感興趣、進而避免懷孕的方法，這樣小孩才能在一年當中最適宜的月份出生，也就是從冬末到初夏這段期間。

在狩獵採集社會的古早年代，小孩生在食物供應較爲充足、氣溫較爲暖和以及白晝期長的月份，會有較大的存活機會。反之，如果在冬季受孕，小孩就會在秋天出生，而出生後頭幾個最重要的月份裡，天氣將逐漸變冷、黑夜早早降臨，食物來源也會變得有限。

嬰兒要想在適宜的月份出生（北半球是二月到六月），就要在五月到九月之間受孕，這段期間也是季節性情緒障礙患者最活躍、情緒昂揚以及性慾高漲的時刻。至於季節性情緒障礙高峰的秋、冬季半年期間，也是最需要避免懷孕、好讓新生兒有最大存活率的月份。

這篇研究報告指出：「週期性發作的冬季抑鬱及近似冬眠狀態，會讓婦女避免在一年當中不合適懷孕的月份行房，進而促使她們在較爲合適的月份懷孕。無精打采、不想見人、情緒低落以及缺少性慾等因素，都會造成兩性無心尋求伴侶；就算碰上有可能在一起的對象，也會覺得對方較沒吸引力。」

該報告還指出，雖然男性對季節性情緒障礙也未能免疫，但患者大多仍是處於生育年齡的婦女。另一項證據來自季節性情緒障礙的發病率：雖說離開赤道越遠，季節性情緒障礙的發病率越高，但在基因組成穩定的地區，好比冰島，季節性情緒障礙的發病率卻相當低。原因有可能是季節性情緒障礙患者缺少性生活，代表他們較不容易有子嗣，也就不容易把基因傳給下一代，因此患者人數也就越來越少了。

這篇報告指出，來自溫帶地區的證據顯示：週期性發作的冬季抑鬱是一種遺傳的環境適應機制，有助於狩獵採集族的生殖繁衍。時至今日，這項適應的優勢早已不再。隨著現代人多在室內工作、食物供應無缺、保持溫暖及光照都不成問題的情況下，嬰兒的存活率已不再有季節性的差異。因此，冬季抑鬱如今已被視爲疾病。的確，以生活在高緯度、定居一處的族群爲對象的研究顯示，週期性發作的冬季抑鬱對生殖可能不利。如果真是這樣，該報告預測，再過幾千年，這個毛病應該就會變得越來越少見。

男士都愛金髮女郎

金髮女郎到底有什麼特別？為什麼那麼多男人，特別是上了年紀的男人，會受到白皮膚金頭髮的吸引？為什麼金髮女郎看來特別有趣？

針對這些問題，之前有過許多解釋。有人說男人喜歡圓臉的女性，而金髮能讓臉部輪廓看起來較柔和。也有人說，金髮女郎擁有柔軟、像孩童般的皮膚，很能吸引男人。還有一個說法是，金髮是在一萬年前左右由基因突變演化出來的，由於一開始很稀罕，所以男性也演化出對金髮的珍視。

根據美國加州大學聖地牙哥分校腦與知覺實驗室的研究，上述說法都不夠眞確，正解應該是：金髮就像孔雀的尾巴或公雞亮紅色的羽毛一樣，是身體健康的象徵。

從演化的觀點，男性會受金髮女郎吸引的理由，是他們更容易在髮色與膚色較淡的女性身上，看出身體有無毛病。像貧血、發紺（心臟有病的徵候）、黃疸以及皮膚感染等毛病，在金髮白膚的人身上都要比在黑髮深膚的人身上容易看出來。

這個理論的說法是，在害蟲及傳染病盛行的古代，受身體健康的異性吸引，可以增加配偶具生育力、懷孕並生出健康子女的機率，這是一種演化上的需求。因此，金髮女郎就成為男性擇偶的優先考慮。

偏好金髮女郎的另一個理論是說，金髮白膚女性對紫外線的防護較少，皮膚老化要比黑髮深膚女性來得快，因此一些像老人斑及皺紋等老化的徵候，通常較容易在金髮白膚女性身上看出，使得男人更容易判斷金髮女郎的年紀。由於女人的生育力會隨年齡快速降低，同時老男人又喜歡找年輕女性上床，因此金髮女郎受男人青睞，是因爲她們的年紀較容易從外表看出來。

還有一個可能是，受到異性吸引以及有「性」趣的外在徵象，好比臉紅之類的，在金髮女郎身上更容易看出。因此男性在面對金髮女郎時，會更有信心交換並實現求偶動作。

研究報告的結論是：「綜而言之，男士偏好金髮女郎，是爲了更容易辨識對象有無遭受寄生蟲感染以及老化的早期徵候，因爲這兩者都會間接降低生育力以及子女的存活機率。」

家中氣味讓女孩轉大人

過去一個世紀以來，大多數工業化國家女性月經初潮的年紀，都出現大幅的下降。在十九世紀維多利亞時代的英國，大多數女孩初經的年紀是十四歲，不過到了一九四〇年代，就降到了十二．八歲。來自美國的研究顯示，一九八〇年代出生的女性，初經已經降至十二．二歲，平均每過十年就提前了一個月。

初經對女孩來說，是身體與心靈的重要里程碑。對於初經年齡的下降，曾有過好些解釋，像健康與營養的改善，以及其他環境因素等。不過根據美國羅格斯大學的研究，還有另一種解釋，那就是社會型態改變對家庭生活的影響。隨著做母親的外出工作時間增多，以及父親外出工作時間減少，家裡頭陰陽調和的氣味也發生了改變。

這個理論的主角是費洛蒙，那是一種在相同物種之間無意識傳遞訊息的化學物質。有關費洛蒙的研究，在動物身上做過許多，因爲牠們的嗅覺比人發達，不過已有越來越多的研究顯示，費洛蒙對於人類也有作用。

有一項研究顯示，同居一室、接觸密切的女性，彼此的月經週期在幾個月內就會出現同步現象。同時，接觸異性可影響女性月經週期的長短，與男性接觸機會不多的女性，要比一週接觸男性三次或更多的女性月經週期更長。

羅格斯大學的研究人員指出，過去一百五十年來，在初經年紀下降的同時，人類社會也出現大幅變化。隨著工業革命，以及較爲晚近的人力市場改變以及兩性工作平等法案通過等，離家外出工作的女性大幅上升。以美國爲例，女性外出工作的比率，從一八九〇年的十八％增加到一九七四年的四十五％。

失業以及工作型態的改變，加上勞力密集工業的式微，也造成男性工作時數減少，待在家裡的時間因而增多。較近期一波在家上班的潮流，讓男性與家人相處的時間又更多了。

與此同時，家庭人口也在減少。於一八八一年到一八八五年間出生的婦女，有三十三％的人成家後生了七個或更多小孩，但到了她們女兒那一輩，生那麼多孩子的卻只有十％。

研究人員說，這些社會變遷都造成了青春期前的女孩與母親相處機會變少，而與父親接觸的時間增多；母親分泌的費洛蒙會延遲初經的到來，反之父親的費洛蒙卻會讓初經提早。還有，這些女孩與大姊姊接觸的時間也減少了，因爲大姊姊也有更多機會離家求學或做事。

研究人員說：「我們認爲費洛蒙會影響初經年齡，當青春期前的女孩與費洛蒙的接觸有所改變，初經年齡的趨勢也就受到影響。我們提出的理論是，隨著社會的變化（工業革命、母親外出工作、一週工作天數減少、家庭規模變小造成兄姊變少），年輕女孩會較少有機會接觸由成年婦女釋出的抑制性費洛蒙，而接觸到更多來自成年男性的刺激性費洛蒙。」

產後憂鬱是因爲缺少性生活

別管什麼藥丸、藥水及心理治療了，只要有性生活，就能克服產後憂鬱。

女性與男性伴侶春風一度過後，她獲得的不只是濃情蜜意而已，從精液中她還獲得了一堆荷爾蒙及其他物質，對女性腦中的化學物質有強大的作用，能提高情緒。但女性在生產過後，可能會有幾週提不起「性」趣，於是這些化合物的濃度便會下降，進而引起產後憂鬱症。

根據紐西蘭奧塔哥大學的一位研究員的說法，儲精囊的分泌物裡含有雌激素、睪固酮，以及至少十三種前列腺素（類似荷爾蒙的化學物質，對腦中的神經傳遞物質有作用）。

有趣的是，廣泛用來治療經前緊張徵候（包括抑鬱）的月見草油裡，含有高量的歐美茄6脂肪酸——γ次亞麻油酸；這種脂肪酸進入身體後，會轉變成前列腺素E_1。有一項研究則顯示，月見草油似乎可減輕抑鬱症狀達七十四％之多。別的研究也發現抑鬱病人血中的前列腺素濃度，要比正常人低得多。

奧塔哥大學的研究報告指出，女性陰道可以吸收精液當中的荷爾蒙及其他化學物質。陰道組織當中有小脊狀的突起，讓陰道表面非常適合吸收液體；由此路徑吸收的荷爾蒙混合物會進入女性血液循環，最終抵達腦部。動物實驗顯示，經由陰道組織的吸收，體內荷爾蒙量可增加達二十一倍之多。

根據這篇報告，產後婦女體內的前列腺素會低落，是因爲她們體內必需脂肪酸的天然含量因懷孕下降，而這些脂肪酸就是製造前列腺素的來源。另外一個理論是說，此時女性無法從異性伴侶那裡獲得前列腺素；研究顯示，女性在產後四到六週通常不會有性行爲。因此之故，研究人員認爲，由陰道吸收的前列腺素將大幅減少，更加重了產婦情緒的低落。

這篇報告詳述了某位婦女的案例作爲論證。這位婦女接受抑鬱以及其他症狀的治療，醫生開了一些必需脂肪酸給她，以補償荷爾蒙的不足；這些荷爾蒙原本都從她先生那裡獲得。結果，這位婦女的情緒開始好轉，「性」趣也來了，夫婦倆的性生活也恢復正常。

該報告指出：「由於精液當中的荷爾蒙有相當多會被陰道吸收，因此可能對女性的思想、情緒以及行爲都有影響。如果這些觀察與推理屬實，那麼有固定量的精液供應，可能對女性的情緒健康相當重要。」最後，報告還補充說：「許多西方社會習慣對男性持批判態度，特別是由於男性對性的注重；上述假說如果能夠證實，那麼男性以及他們性活動的價值，將能得到更多的重視。」

月見草

月見草是原產於墨西哥和中美洲的草本植物，由於只在傍晚開花，至天亮凋謝，所以稱爲「月見草」，或是從英文 Evening Primrose 直譯的「晚櫻草」。

印地安人在數百年前就已發現月見草的神奇功效，製成糊狀膏藥，用來治療外傷與皮膚炎。20 世紀初期，科學家發現自月見草種子提煉的月見草油含有一種特殊的脂肪酸γ次亞麻油酸，是製造前列腺素E1的重要物質，而前列腺素E1具有調節循環系統、免疫系統、生殖系統及皮膚系統等功能。

早期醫療界用月見草油來治療異位性皮膚炎，如今月見草油已成爲熱門的保健食品，廣泛用來舒緩經前症候群、更年期症狀、風濕性關節炎，以及預防慢性病等。

牙周病造成新生兒體重不足

有個稱爲「墨西哥弔詭」的現象，多年來讓醫生感到困惑。墨裔美籍婦女的社經地位，與非裔美籍黑人一樣低落，但她們生出低體重嬰兒的比率，卻低得多。生在貧窮家庭的嬰兒，體重通常較輕，但是墨西哥裔卻不然；他們的貧困程度與黑人不相上下，但新生兒低體重的比率，卻與富裕的美國白人家庭接近。根據一百六十萬個出生資料所做的統計顯示，白人新生兒低體重（少於兩公斤）的比率是五．七%，墨裔美籍新生兒是五．二%，而黑人新生兒卻高達十二．五%。

不止美國，同樣的弔詭現象也可在世界其他地方看到，而原因仍是不清楚。

爲了找出原因，美國杜蘭大學、路易斯安納州大學以及東田納西州大學的研究人員分析了全美的健康數據，在這三個族群當中尋找其他的變數。結果發現，這三個族群當中牙齦疾病的發病率，跟新生兒低體重的比率，呈現出相同的趨勢。將近三分之一的黑人懷孕婦女患有牙齦毛病，墨裔美籍孕婦則有二十%，非西班牙裔白人孕婦則是十．七%。換句話說，墨裔美籍婦女罹患牙齦疾病的比率，要比黑人婦女低了五十%。

成年人超過半數牙齦都有毛病，一開始通常是牙垢堆積，那是由食物及細菌在牙齒表面形成的一層黏狀物，導致牙齦發炎、流血以及齒齦炎。如果在這個早期階段不予治療，則會發展成牙周病，造成牙齦腫脹、在牙齒邊上形成小囊，堆積牙垢。大約有二十%的人有嚴重的牙齦毛病，這時就會引起長期發炎以及免疫反應，導致牙齦、骨質以及鞏固牙齒的軟組織萎縮，最後是牙齒鬆動，必須拔除。

牙齦疾病——特別是牙周病，與好些病症都扯得上關係，譬如動脈硬化、早產、高血糖、糖尿病、免疫疾病、貧血、呼吸毛病、肝與膽固醇病變，以及風濕性關節炎等。還有研究顯示，牙齦疾病可以解釋抑鬱與心臟病之間的一些關連。

這些疾病多數都有發炎現象。有一個理論的說法是，與牙齦發炎有關的化合物，對身體其他器官組織也有不好的作用。牙醫師爲七十位左右有嚴重牙齦疾病的人拔牙之後，發現病人血中與心臟病風險有關的化合物濃度，有顯著的下降。

這項由杜蘭大學領導的研究指出，牙周病可能引起發炎反應，讓發炎相關化合物由血液循環帶到全身，而造成懷孕當中的好些問題，包括早產與新生兒體重不足。

研究人員提出：「由於牙周病可能增加早產及低體重新生兒的風險，而牙周病的盛行率在墨裔美籍婦女當中較低，因此我們推測，這至少是墨裔美籍婦女較少出現早產以及生出低體重嬰兒的部分原因。我們的假說是：墨裔美籍婦女在懷孕前及懷孕中較少罹患牙周病，可以用來解釋她們較少出現早產以及生出低體重嬰兒的弔詭現象。」

保險套會增加罹患乳癌風險

研究人員在比較了超過三百位婦女的資料之後（其中有的罹患乳癌、有的沒有），發現乳癌發病率與保險套的使用之間，有著讓人訝異的關連。分析結果顯示，在生育年齡初期使用各種隔離式避孕法的婦女，後來罹患乳癌的比率比沒有使用的婦女高出五倍之多。

據美國賓州大學醫學院的阿爾內．喬格夫指出，不用隔離式避孕法，將可讓罹患乳癌的機率減半。他說：「使用隔離式避孕法的婦女發生乳癌的比率，要比不用這種方法的婦女高出五倍左右。如果可以捨棄這種避孕法的話，已婚婦女族群的乳癌發生率將降低不只五十％。」

這個理論的根據是，精液當中的一些荷爾蒙物成分，例如前列腺素，具有生物活性。前列腺素有許多功能，包括調節發炎反應，某些合成的前列腺素還可用來引產。使用隔離式避孕法的婦女接觸不到精液，因此精液中具有的保護作用也就無法發揮。

爲了測試這個理論，研究人員問了受試女性好些問題，包括她們從青春期到四十歲之間所使用的避孕法。所謂隔離式避孕法，包括了保險套、性交中斷法、長期禁慾及守身；非隔離式避孕法則包括子宮帽、避孕丸、子宮內避孕器、週期法、乳液、乳膠、沖洗法以及女性結紮。

結果顯示，在生育年齡初期使用隔離式避孕，或是由於男性伴侶不孕，而沒有接觸精液的婦女，罹患乳癌的風險會高出四到五倍。研究報告指出：「由於風險相差這麼大，我們可以說隔離式避孕法以及男性不孕，跟已婚女性罹患乳癌這種惡疾的關聯，不只是碰巧而已。」

男性伴侶的不孕，還有可能扭曲了研究結果，好比說那可能是女伴上了年紀的指標；如果只考慮避孕方法的話，罹患乳癌的相對風險實際上更增加至五・三倍。

輯5 都是太陽月亮惹的禍

日頭炎炎讓人變暴力

夏天來臨的時候，要特別當心國家領導人以及有暴力傾向的男人；特別要注意的是八月，那是一年當中最常發生戰爭、侵略以及其他有敵意行動的月份，也是攻擊、強姦、破門強劫等個人侵略行爲最多的月份。

原因何在？研究人員指出，那可能是由於白晝的長度，對腦中血清張力素之類的化學物質發生作用所致；這些腦中化學物質參與了情緒的調控，目前全球最流行的一類抗抑鬱藥，就是以操控這些物質來達到治療目標。

長久以來，就有人提出白晝的長短（稱爲「光週期」），對於躁狂症、抑鬱症等好些毛病有影響，跟自殺以及送進精神病院的人數也有關。一般而言，光照時間越短，這些問題就越多。譬如在北歐斯堪地那維亞半島所做的研究顯示，抑鬱的發病率在漫長的冬季月份特別高，其他研究則指出這現象與血清張力素有關。

問題是，日照長短及其對腦中化學物質的作用，會不會還有更大的影響？有沒有可能說，大量的光照讓人變得更暴力？

爲了尋找這種關聯的證據，以色列班古里昂大學的研究小組分析了來自四大洲的數據。他們

INK PUBLISHING

讀者服務卡

您買的書是：＿＿＿＿＿＿＿＿＿＿＿＿＿＿＿＿

生日：＿＿＿＿年＿＿＿＿月＿＿＿＿日

學歷：□國中 □高中 □大專 □研究所（含以上）

職業：□軍 □公 □教育 □商 □農

□服務業 □自由業 □學生 □家管

□製造業 □銷售員 □資訊業 □大衆傳播

□醫藥業 □交通業 □貿易業 □其他＿＿＿＿＿＿

購買的日期：＿＿＿＿年＿＿＿＿月＿＿＿＿日

購書地點：□書店 □書展 □書報攤 □郵購 □直銷 □贈閱 □其他

您從那裡得知本書：□書店 □報紙 □雜誌 □網路 □親友介紹

□DM傳單 □廣播 □電視 □其他

您對本書的評價：（請填代號 1.非常滿意 2.滿意 3.普通 4.不滿意 5.非常不滿意）

內容＿＿＿ 封面設計＿＿＿ 版面設計＿＿＿

讀完本書後您覺得：

1.□非常喜歡 2.□喜歡 3.□普通 4.□不喜歡 5.□非常不喜歡

您對於本書建議：

感謝您的惠顧，為了提供更好的服務，請填妥各欄資料，將讀者服務卡直接寄回或傳真本社，我們將隨時提供最新的出版、活動等相關訊息。

讀者服務專線：（02）2228-1626 讀者傳真專線：（02）2228-1598

廣　告　回　信
台灣北區郵政 管理局登記證
北台字第15949號

235-62
台北縣中和市中正路800號13樓之3

印刻出版有限公司　收

讀者服務部

姓名：＿＿＿＿＿＿＿＿＿＿　性別：□男　□女

郵遞區號：＿＿＿＿＿＿

地址：＿＿＿＿＿＿＿＿＿＿＿＿＿＿＿＿＿＿＿＿

電話：（日）＿＿＿＿＿＿＿＿＿＿（夜）＿＿＿＿＿＿＿＿＿＿

傳真：＿＿＿＿＿＿＿＿＿＿

e-mail：＿＿＿＿＿＿＿＿＿＿＿＿＿＿＿＿＿＿＿＿

INK

參考了暴力以及非暴力的犯罪資料，同時檢視了史上超過三千件戰爭或交惡事件的開始日期紀錄。他們的想法是，雖然個人以及國家會爲了經濟、宗教、民族主義等各式各樣的理由暴力相向，但在最終下定決心以及決定何時行動時，暴力傾向仍可能扮演一角。

分析結果顯示，個人暴力攻擊在一年當中確實有顯著的規律可循。在北半球，七、八月間的暴力犯罪率最高，十二月到二月最低；南半球則反之：十二月到一月的暴力犯罪率最高，六、七月間最低。研究小組發現，無論南北半球，夏天的兩個月份中，暴力犯罪的頻率比平常高了二到三倍之多。相較之下，非暴力型犯罪在一年當中的分布就很平均，沒有什麼季節規律，與光週期也沒什麼關聯。

研究小組檢視戰爭爆發的時刻，也發現了類似的規律：在北半球，於八月開打的戰爭最多，十二月到一月間則最少。

研究人員說：「不論是在北半球還是南半球，每年固定的攻擊行爲週期與當地光照的週期之間，在統計上有顯著的正相關。」他們認爲這樣的發現，對於預防犯罪、警力執法以及避免戰爭，都有實際的應用價值。至於其中的腦部化學機制，則還不清楚，但不管是個人攻擊性或是集體攻擊性，其中的機制很可能是相同的。

而頭號嫌疑犯，就是血清張力素。視叉上核是負責約日節律的重要腦部構造，這裡就有許多血清張力素神經細胞；研究人員指出，許多動物實驗顯示，攻擊性增強與血清張力素的含量低落有關。

以人為對象的研究，也得出類似的結果。攻擊性強的軍人，體內血清張力素的含量通常也較低；殺人犯及自殺者亦然。

「因此，我們的假說是：受到每日光週期長短的影響，情緒失常病人（腦中血清張力素的功能已受到攪亂）、攻擊性強和個性情緒化的人，會因季節改變而引起腦中血清張力素含量的變化，而導致季節性發作的情緒事件；表現出來的，就是各種各樣的個人暴力犯罪以及集體戰爭行為。」

太陽會讓人精神分裂

精神分裂被視爲一種特殊的精神失常，已超過一世紀之久，相關研究也很多，但至今這種疾病仍然是個謎。精神分裂的成因還未爲人知，雖然有人認爲與基因有關，但還有許多其他可能性也有人研究，包括病毒、壓力、藥物以及童年缺失等。

精神分裂的流行病學也有一些奇特之處，例如科學家發現有地域差異，出生日期和患病機率之間也有所關聯。在北半球，精神分裂患者多出生於二月及三月，有人將問題歸罪於缺少陽光照射導致維生素D缺乏所致，因爲這會影響孩童的腦部發育。

另一個理論也把矛頭指向太陽，只不過不是指向紫外線或維生素D，而是指向太陽上面的太陽黑子。這個理論是說，太陽黑子對於發育中的腦子會有影響，方式可能是經由突發式籠罩整個地球的無形磁暴。

來自這麼遙遠、又是看不見摸不著的事件，會對地球上的生命健康造成如此巨大的影響，讓人覺得不可思議，但有些研究卻顯示這是有可能的。這些研究發現太陽黑子活動與流行性感冒、生育率、癲癇發作率、老年婦女髖骨骨折、免疫活性、反社會行爲以及壽命長短之間有關聯。至少有一項研究顯示，因精神病住院的人數在太陽黑子活動期間有所上升；另一項研究則指出，有些精神病患的症狀有隨太陽黑子活動加劇的現象。

根據這篇報告，太陽黑子是太陽表面溫度較低的區域，看起來像是一個個黑點，可持續存在好幾天，其磁場要比地球的磁場強上好幾千倍。

試圖找出我們與一億多公里之外太空中所發生事件的關聯，並沒有表面上看起來那麼難。這篇報告引用了其他太陽黑子與健康之間關聯的研究爲佐證，並將矛頭指向微波；在太陽黑子及太陽閃焰活動期間，從太陽發出的微波輻射會增加好幾千倍。有研究顯示，這種微波有可能增加動物的壓力以及體內的皮質醇量；有人懷疑，人腦中負責壓力反應的腦區，也與精神分裂的形成有關。

可能性之一，是太陽黑子活動導致胎兒體內鋅的含量下降，因而傷害了對鋅有高度需求的腦組織。那些先天遺傳容易得精神分裂症的人，就會有更大的風險。這篇報告指出：「本文認爲，精神分裂是由一些與太陽黑子有關的因素所引起。」

這篇報告又問，如果說太陽黑子確實導致了精神分裂，那爲什麼一八〇〇年以前沒有這種疾病的紀錄呢？報告提出的說法是，有一項放射性碳定年的研究顯示，公元一千到一七一五年之間，大部分時候都完全沒有太陽黑子活動，就算有也很短暫，而且黑子數目不超過五十。這就可以解釋爲什麼一八〇〇年之前，醫學文獻裡沒有精神分裂的病例報導，而之後病例卻持續上升了。

太陽表面上的太陽黑子與太陽閃焰

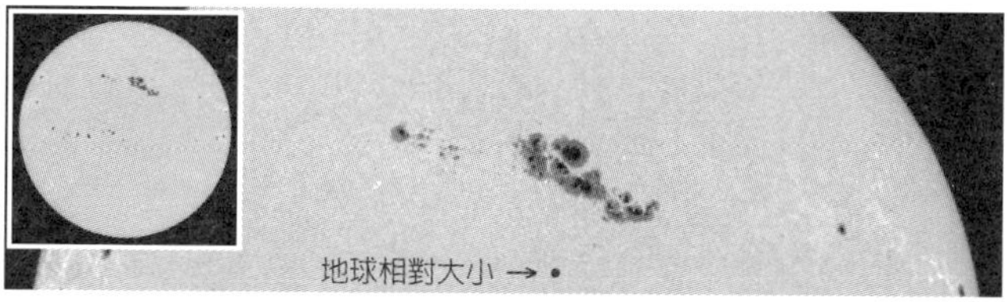

太空船近距離拍下的太陽黑子，透過紫外線顯影

人的壽命由太陽決定

我們的命運確實有可能是上天注定的。

根據最新研究，出生日期與太陽的位置，對於健康、財富以及幸福，還有壽命、情緒以及創造力，確實都有影響，只不過那與星相學（占星術）沒什麼關聯。影響地球生命及其壽命的，並不是什麼金牛座、牡羊座等等星座，而是出生地點與時間；說得更精確些，就是出生地的緯度以及出生時太陽的輻射量。

生在北緯五十三度的人，也就是英國北部利物浦的緯度，具有創造力的可能性更高，不過這裡也是男嬰存活率最低的地方。生於這個緯度的人，也更有可能成為數學家。

根據這項研究，緯度代表了白日長度、接受光照以及紫外線輻射的程度，這些對於發育中的胎兒，好與壞的影響都有。

解釋為什麼有些疾病的盛行率具有地域性差異的理論有好一些，有的強調環境因素，有的強調遺傳，然而這項新研究卻認為，紫外線輻射才是主因。這個理論是說，輻射強度能引起DNA突變，因此影響了胚胎組織以及日後罹患各種疾病的難易度。

主持這項研究的美國醫生及科學家喬治・戴維斯說：「這個發現讓人深感好奇，我們出生的地點與時間，對我們的未來原來確實是有影響的。這可不是星相學，而是以基本科學爲理論依據。不過只要好好想一想，就不難理解。太陽已經存在了好幾十億年，要說地球上的生命不跟隨太陽的韻律走，那才是讓人奇怪的事。當然，事實就是這樣，我們既對太陽產生適應，也受到太陽的壓力。太陽的影響有百分之九十八都是好的，但有百分之一到二，卻是具有破壞性。」

「我們發現證據：緯度、或者說光照的變化，特別是在北緯五十三到五十四度，對免疫系統會造成額外的壓力；而免疫系統幾乎跟人類所有的疾病都有關。我們認爲太陽的週期性輻射是推動演化的基本動力，迫使生物適應會引起突變的紫外線輻射，同時產生夠多的破壞，而引起基因變異。」

這個主張光照可以影響免疫系統的理論，稱爲紫外線輻射理論。爲了測試這個理論，有一項研究調查了三十七種疾病在美國緬因州超過二十五萬人當中的盛行率，研究人員將這些人的出生日期，拿來與當時的太陽活動做對照。結果顯示，紀錄裡太陽輻射最強年份出生的人，整體患病率增加了二十八%。研究人員說：「這麼多人以及這麼多種疾病的紀錄，又橫亙了七個太陽週期，不大可能說只是碰巧的結果。我們提出的說法是：太陽輻射的高峰期是攪亂所有生物基因的主要原因。」

紫外線輻射還可能改變胚胎發育早期的腦部化學。研究人員引用了一份研究結果，這項研究統計了四百年來全球最偉大的數學家，發現很多都是在夏至前後懷胎的；這些數學家的出生地大多有紀錄，經研究人員統計，其中有五十四%出生在北緯五十三度地區。

戴維斯醫師說：「我們相信，北緯五十四度的紫外線輻射是最強、變化也最大的，因此很可能對人造成更大的壓力以及更高的患病率。但生在這個地方也有好處，那就是創造力提高了。」

同樣由緬因州心控學公司研究團隊所做的研究顯示，每隔十年左右，太陽就會放出比平常更強的紫外線，給人類的DNA帶來額外的傷害，造成人類的最長壽命一直維持在一百歲左右。

戴維斯醫師說：「我們提出的證據顯示，那些活得最久的複雜生物的最長壽命，是受到太陽限制的。雖然太陽週期每八到十四年才出現一次，但我們發現這些週期當中，有二十八%的時間會不定期釋出比平常高達三百倍的紫外線輻射。」這些突發式輻射會破壞DNA，久而久之就降低了我們對抗疾病的能力。我們的身體只能接受一百年左右的定期紫外線衝擊，之後就會受不了而垮掉。

流感大流行會受太陽影響

千百年來，天文學家對太陽黑子有什麼作用一直感到困惑。最早記錄到太陽黑子的，是兩千年前的中國，後來伽利略及他同時代的人透過當時新發明的望遠鏡，也證實了太陽黑子的存在；不過不久之後，伽利略等人就因爲提出天堂並不完美，以及太陽系的中心不是地球而是太陽，觸怒了天主教會而惹上麻煩。

如今我們知道，在太陽表面出現的這些小黑點，要比周遭物質的溫度低，色澤也較深。不過，儘管本身溫度較低，當太陽黑子出現時，太陽整體的溫度卻會上升。同時隨之而來的磁活動，也可造成紫外線及X射線強度大幅變化，導致地球大氣變熱及膨脹、臭氧量增加。有些研究人員認爲，太陽長期不活動，可造成地球溫度下降，好比一六四五到一七一五年間出現的小冰河時期。

如果太陽黑子對於地球溫度確實有那麼大的影響，那麼會不會還有其他作用是我們尚未發現的？有沒有可能說，太陽黑子與流行性感冒（流感）的大流行有關？

根據香港中文大學的一項研究，太陽黑子不但可以解釋過去三百年間主要流感發作的時間，還能用來預測下一次大流行會在何時發生，而預測結果是在二〇〇八到二〇一三年間。

這個理論是說，太陽黑子會影響氣候，氣候又會影響候鳥的行爲及活動；而候鳥就是流感的帶原者及散播者。

流感大流行可是會造成大災難的，例如一九一八年的西班牙流感，在美國造成的死亡人數，就比二十世紀中死於各場戰爭的美國人總數還要多。流感的發生是因爲病毒出現了突變，產生全新的A型流感病毒亞種。這種新病毒可能是在動物身上出現了基因混合而生成，一般相信造成最近兩次大流行的流感病毒，就是鳥類與人類的流感病毒混合體。當有這種突發、劇烈的抗原改變發生時，絕大多數人對這種新病毒都沒有什麼抵抗力。

野鳥是流感病毒的儲藏所，牠們的遷移行爲也影響了流感病毒在全球散播的速度，而鳥類的遷移又受到氣候的影響。香港中大的研究人員指出，有許多證據顯示，太陽的活動對地球氣候有影響，同時，有些鳥類的遷移方式會受到太陽黑子週期的影響。還有其他研究指出，當太陽黑子的數目增加時，諸如杜鵑、雲雀以及燕子等候鳥都會延遲抵達遷徙地。

研究人員認爲，在候鳥遷徙路線上的農場水源，可能會受到汙染，病毒也由此散播給其他動物。氣候的改變也可能增加動物之間的接觸，因而增加了新型病毒生成的風險。

爲了測試他們的理論，研究人員檢視了從一七〇〇到二〇〇〇年間的流感大流行，發現這些流感與太陽黑子的數目有關聯：太陽黑子的數目越多，流感大流行風險就越高。

研究人員指出：「利用太陽黑子週期來偵測流感大流行，是簡單且花費不多的方法。至於下一個高風險期，將出現在二〇〇八到二〇一三年之間，這讓我們知道要加強戒備，好盡量減少流感造成的非必要死亡。」

痛風發作是由月亮引起的

幾百年來，人類把各種問題都怪到月亮頭上，從精神疾病到生育力的改變不等；不過直到現在要談的這篇報告以前，還沒有人把痛風發作訴諸外星球的解釋。根據這個理論，痛風發作的頻率是隨著月亮盈缺週期改變的，原因可能是月球引力的作用，影響了腫脹的腳拇趾裡頭那些尖銳的晶體，而造成陣陣作痛。

痛風是由於尿酸的堆積所引起，而尿酸則是從嘌呤這種化合物分解出來的產品；人體細胞以及許多食物當中都含有嘌呤，如肝臟、乾燥豆類及豌豆等。正常情況下，尿酸會通過腎臟由尿液排到體外，但當含量太高時，就可能累積在血液當中。尿酸經血液循環來到骨頭關節、尤其腳拇趾關節時，會形成結晶，而造成急性發炎及疼痛。

多數時候，痛風的發作並無顯著原因。斯洛伐克風濕病研究所的科學家進行了一項研究，想看看月亮在痛風發作上是否扮演了一定的角色，他們檢視了好些病人痛風發作的資料，想找出其間是否有跟月亮週期相關的趨勢。

結果顯示，月亮確實發揮了作用：在新月及滿月時，痛風的發作頻率最高；而此時，月亮對潮汐的影響也最大。研究人員指出：「月亮對於生命及人類有影響的說法，通常啓人疑竇，那也是正確的，因爲這類說法通常用了不恰當的統計方法來分析數據。據我們所知，還沒有任何研究將痛風與月亮相提並論。」這些科學家說，他們還發現月亮盈缺與孩童的支氣管氣喘發作也有類似的關聯，但目前最大的挑戰是，要解釋月亮是經由何種機制產生這麼大的作用。

有一個理論指向褪黑素這個荷爾蒙：褪黑素的生成與日夜週期相關，並在協調許多身體功能上扮演了樞紐的角色。另一個理論是說，月亮可能對晶體本身有作用，也就是說，痛風在新月及滿月時發作頻率最高，是月球引力對晶體本身產生些微的拉扯作用所致。這麼看來，在新月及滿月的時候，最好還是在手邊準備些止痛藥吧。

痛風發作時該怎麼吃？

痛風是由於身體無法正常代謝嘌呤，導致血液中尿酸濃度升高，尿酸結晶體堆積在關節腔內，造成關節腫脹和變形。因此痛風患者應該盡量避免嘌呤成分高的食品，特別是在急性發病期間。嘌呤成分高的食品包括：動物內臟、深色肉類、肉汁、濃肉湯、雞精、海產類、花生腰果之類的硬殼果、豆類、豆苗、筍類、紫菜、香菇、酵母菌等。

痛風發作期間，應盡量食用嘌呤含量低的食物，如蛋類、奶類、米、麥、甘薯、葉菜類、瓜類蔬菜及各式水果，蛋白質最好完全由奶蛋類供應，同時避免飲酒。

胸痛是由月亮造成的

自發性氣胸是胸腔裡堆積空氣或氣體造成的，會導致肺葉塌陷，這種毛病最常發生在二十五到四十歲之間的高瘦男子身上，通常是由於肺裡充滿空氣或液體的小囊泡破裂所致。

這種毛病雖然可由氣喘或纖維囊腫等病症引起，但在許多情況下，卻沒有明顯的發病原因。這種毛病的症狀有胸痛、呼吸困難以及咳嗽等。

曾經有人提出過好些可能的病因，好比天氣引起壓力改變，進而對肺裡的小囊泡產生作用；特別像大雷雨這種天氣。根據這種說法，當壓力增加，小囊泡就容易破裂。

爲了尋求更好的答案，布拉提拉瓦預防及臨床醫學研究所的醫生對接受他們治療的病人進行了一項問卷調查，想看看能不能從取得的資訊裡找到線索。他們檢視了二百零三位男性以及四十一位女性患者的病歷，其中近半數病人的年紀都在三十歲以下。

結果發現，病人的就醫紀錄確實有某種規律，就醫的時間及頻率似乎不是隨機的，而是以兩個星期爲一週期。事實上，分析數據時就可以看出，無論男女都有兩個明顯的高峰期，一個出現在新月的前一週，另一個則在後一週。

至於月亮是怎麼樣造成這種作用，目前並不清楚，但研究人員指出，那可能是月球引力的作用，一如月球引力對潮汐的影響。月亮週期當中某些時刻出現的些微壓力改變，可能就足以引起肺裡某個小囊泡的破裂。

研究人員指出：「據我們所知，月亮週期與自發性氣胸之間的關聯，之前都沒有人考慮過。因爲月球引力的關係，使得月亮週期可能對人體產生影響，一如對潮汐的影響一樣。這個研究最重要的發現，是新月的前一週是發病的最高峰期，第二高峰期則出現在新月的後一週。我們還需要後續的研究以及新的統計觀察，來挑戰月亮現象只是一種浪漫的人爲想像，或就只是一種迷思的說法。」

天氣如何影響情緒

天氣到底是如何影響心情及行為，多年來一直讓研究人員困惑不已。

為什麼人到了晚上或是到了冬天，心情就容易低落？為什麼陽光明媚讓人比較快樂、雨天則比較難過？為什麼大雷雨將至時，人會變得抑鬱？最讓人好奇的是，在以色列的大陸熱風颳起的前三天，又是什麼讓人的情緒及行為提早發生變化？

光、暗以及溫度的改變都是原因，問題是：光、暗以及溫度是怎麼樣造成情緒與行為的改變？

根據紐約西爾賽醫院研究人員的說法，歸根究柢，那是因為大氣中電荷的變化，影響了人身上的穴位，進而對腦中與情緒有關的化學物質造成影響。

西醫之外的另類輔助醫療裡，最流行的一種做法就是針灸。針灸是以細針插入皮膚上的特定位置，目的在緩解許多不適症狀，從頸部痠痛及骨關節炎，到牙疼及尿床不等。

有越來越多的證據顯示，針灸確實有用。傳統理論是說：針灸可以調節在全身隱形經絡當中遊走的「氣」，藉以打通氣血阻塞、增強能量流動，並促進疾病的康復。較為現代的解釋則是，插針促成腦內啡的釋放，那是讓人感覺愉快的化學物質；或者說插針干擾了痛覺接受器的運作，或是刺激了神經系統。最新的針灸法是採用電針，不再僅以細針刺激穴位，而輔以脈動的電流。

如果說穴位可用電刺激而產生作用，理論上應該也會對大氣電荷顯著的變化產生反應才對。根據這些研究人員的說法，大氣電荷的作用確實與針灸相似；事實上，我們可以將針灸所用的細針看成是一種天線。

研究人員認爲，當穴位對特定氣候造成的刺激產生反應，情緒就可能發生變化。他們指出，動物實驗的結果顯示，無論針灸或電針都刺激了正腎上腺素及血清張力素的釋放，兩者都是腦中負責情緒的化學物質。

研究人員的結論是：「大氣中的電能產生類似針灸的效果，造成腦中影響情緒及行爲的神經傳遞物質發生改變。這種改變會引起中樞神經系統當中神經傳遞物質的功能變化，也就導致了精神狀態的變動。」

爲什麼格陵蘭人較少得癌症

癌症有許多未解的特性，其中之一是癌症的盛行率具有廣泛的地理差異：世上有些地區的發病率比其他地方高出許多。例如中國某些地區的攝護腺癌發病率是美國的五百分之一，瑞典的則是美國的一半。在許多例子裡，問題都出在飲食及生活習慣，像抽菸率的差異，可以解釋肺癌發病率的差異性；製冷技術的出現，讓人們不再吃那麼多鹽漬、煙燻以及醃製食品，就跟胃癌發病率的下降有關；而西方飲食的熱量、飽和脂肪及其他不健康脂肪含量高，必需脂肪酸及保護性抗氧化物則不足，也被指爲造成癌症及其他疾病發生率升高的罪魁禍首。

然而在某些例子裡，飲食及生活習慣大致相同的區域，癌症發病率卻並不相同，以現有的知識也找不到任何解釋。這類謎團的其中之一就是：爲什麼生活在格陵蘭、阿拉斯加及加拿大北部這些北極地區的人，與荷爾蒙有關的癌症（主要是乳癌，但也包括卵巢癌與攝護腺癌）發病率非常低？

來自德國科隆大學的研究人員指出，以往對於北極地區乳癌發病率低的解釋是，當地人並未採行西方的生活習慣；而近年來，這些國家與菸草、酒精以及飲食有關的癌症發病率有升高趨勢，顯示西方生活習慣業已侵入。不過，這些研究人員指出，以高脂飲食來解釋高乳癌發病率是有問題的，因爲自一九三〇年前後以來，北極地區飲食的脂肪含量，就與西方飲食不相上下了。

如果飲食與生活習慣並不能解釋這種差異性，那什麼才能解釋呢？

極地與其他地區的一大差異，當然就是自然光了。住在北極圈以北的人，在不同季節經驗到的光照，差異是很大的。每年都有一段時間，太陽會好幾個星期不從地平線上升起，因此每年都會出現季節性的永夜或永晝。

褪黑素是由松果腺分泌的荷爾蒙，會對光照起反應，而且一般相信與乳癌有關。褪黑素在沒有光照的時候，會有大量的分泌；有研究顯示，現代人在夜間也有人工照明，這表示褪黑素會減量。有好些研究指出，褪黑素不足與某些荷爾蒙相關癌症的發病率上升有關，好比乳癌與攝護腺癌。

科隆大學的研究團隊認爲，由於北極圈接受的光照量較其他地區低，使松果腺的褪黑素製造量增加，降低了罹患荷爾蒙相關癌症的風險；因爲一年總結下來，褪黑素的分泌量是有增加的。研究團隊的結論是：「如果我們的假說成立，那麼生活在北極圈以北的人，會比生活在北極圈以南的人，體內擁有更多具有保護作用的褪黑素，因此他們罹患荷爾蒙相關癌症的風險也就降低了。」

輯 6 稀奇古怪致癌因子

夜間燈光會致癌

現在就把燈關掉、電視插頭拔掉、窗簾拉上，再把眼罩戴上吧，你很有可能會因此活得久一點。

關燈不只是對全球暖化、拯救地球以及減少個人排碳量有幫助，這個舉動還可能降低罹患癌症的風險。現代生活裡，大多數人在白天或夜裡醒著的時候，都暴露在某種天然或人工的照明之下，與演化出人類身體以及體內生理時鐘的環境大不相同。在那個古早年代，情形很不一樣，日子黑白分明，白天才有光，晚上則漆黑一片；這表示，對體內的生理時鐘及其主要推手褪黑素而言，日子過得直截了當。褪黑素是腦內松果腺在黑暗中會分泌的荷爾蒙，作用在告訴我們什麼時候應該睡覺，什麼時候又該起床了。

褪黑素的分泌，在半夜達到最高峰，然後隨著黎明的接近逐漸下降。褪黑素的分泌會受光照抑制，也就是說，夜間過度照明，將造成身體無法獲得足夠的褪黑素；而褪黑素卻是一種可對抗疾病的重要抗氧化劑。有動物實驗顯示，褪黑素可防止某些癌症發生過程中出現的DNA破壞。

來自美國愛達荷州的研究員史蒂芬・包利指出，夜間照明對褪黑素的抑制作用，可能是已開發國家乳癌及大腸直腸癌發病率較高的原因之一，因此這個理論值得我們進一步探討。包利說，在實施輪班制的工人身上，已有夜間照明引發乳癌及大腸癌的相關證據。他還指出，現代人工照明要比早期的煤氣燈、煤油燈以及鎢絲燈泡發出更多偏藍光波長的光線，據信藍光對褪黑素的抑制作用更強。

包利認爲，目前已有必要採行預防措施，所有照明燈具的設計，對正常人體約日節律的影響都應該減至最低。我們應該在完全黑暗的環境中入睡，室外及室內照明應使用不炫目的非藍色光，辦公室應該天然採光，要是辦不到，也要使用全光譜的白色光。

室內的夜間照明不宜過亮，而且波長宜偏向黃光及橘色光。看書時應使用白熾燈泡而非日光燈管，睡覺時應關掉電視。窗外如有街燈照入，應該拉上窗簾。上三班制的人白天睡覺時，房間應完全黑暗，並戴上眼罩。

包利的結論是：「在進一步研究證實夜間光照與人類癌症發病率增高之間有直接相關之前，在我們日常使用的照明上採取預防措施，應是明智的做法。必須上大夜班的工作人員，也應該告知這些初步研究的結果，讓他們知道在半夜到清晨之間工作對健康不利，而且輪班工作做得越久，罹患乳癌及大腸直腸癌的風險也越高。」

養狗婦女易得乳癌

乳癌的起因還有許多有待發現之處，但養狗會增加罹患乳癌風險的說法，有可能是眞的嗎？

根據德國慕尼黑大學的研究，狗有可能從老鼠身上感染某種病毒，再傳給人類。這項研究發現，每十位診斷出罹患乳癌的婦女當中，就有八位與狗有過親密接觸。研究人員說：「綜合已發表的研究及我們自己的觀察所得，我們要提出假說：狗有可能攜帶致癌的危險因子。」

乳癌是日益嚴重的問題，一般相信，各式各樣的環境因子是大多數病例的起因，只有五％到十％的病例是由遺傳造成的。目前已有好些病毒與乳癌取得關聯，包括伊普斯坦巴爾病毒以及人類乳突瘤病毒在內，後者也與子宮頸癌有關。

慕尼黑研究人員針對乳癌病例的分析顯示，乳癌患者當中養過狗的要比養過貓的明顯來得多；事實上，有七十九・七％的乳癌病人在診斷患病之前，都與狗有過親密接觸，只有四・四％的病人完全沒有養過寵物。在正常的對照組當中，沒有養過寵物的比率是五十七・三％。研究人員指出，這代表養寵物者罹患乳癌的風險，增加了二十九倍之多。

研究人員還指出另一項來自挪威的研究，以一萬四千四百零一隻狗爲研究對象，也得出非常高的乳癌罹患率：五十三・三％。研究團隊檢視了有哪些病毒是人與狗所共有的，結果他們注意到小鼠乳房腫瘤病毒（MMTV），這種病毒可在老鼠身上引發乳癌，同時也有人研究它與人類乳癌之間的關連。他們的理論是：狗（也可能包括其他寵物）會攜帶和傳播小鼠乳房腫瘤病毒或類似小鼠乳房腫瘤病毒的病毒，而這類病毒能引發人類乳癌。

研究人員提出的理由之一是：狗經常跟人類有親密的接觸，很容易將從老鼠身上感染到的病毒傳染給人類；尤其狗會用鼻子貼著地面嗅聞小動物的蹤跡，因此極有可能吸入帶有病毒的排泄物，其中當然也會包括老鼠的排泄物。

研究人員指出，這個理論也可以解釋，爲什麼東方國家的婦女在移民西方國家後，罹患乳癌的風險會升高：「亞洲或東方婦女很少養狗當作寵物，但她們在移民西方國家後，生活方式有可能改變，例如開始養狗。這就可能形成東方婦女在移民西方後，乳癌罹患率增加的現象。由寵物狗所傳播的小鼠乳房腫瘤病毒、類小鼠乳房腫瘤病毒或細菌風險因子，可以解釋西方國家乳癌發病率增多的現象，也可以解釋乳癌與高生活水準的相關性。」

該研究並提出建議，發展對抗狗乳癌的腫瘤疫苗，對於找到人類乳癌疫苗將會有幫助。

電動打字機可致乳癌

山繆．密爾罕在測量磁場時，意外發現一個奇怪的現象：他在多間辦公室的電動打字機附近，都測到極為強大的磁場；辦公室內其他地方的磁場讀數是二 mG 或更低，但在一些電動打字機旁，讀數卻飆到了一百 mG。

在測量的時候，密爾罕並沒有多想，但過了幾年，他在閱讀一份分析九千多位乳癌女性患者的職業資料時，發現那可能與他的磁場研究有關連。在祕書及打字員所屬的職業類別中，死亡人數比統計上的期望值高出許多：將年齡以及一般風險因子列入考量之後，這個類別的死亡人數應該是五百九十二人，但實際人數卻是七百七十四人。進一步的分析顯示，大多數與打字有關的女性行業，乳癌死亡率都比一般高。

這樣的發現引起了密爾罕的好奇，於是他和華盛頓州衛生部的同事到美西四個城市的打字機修理店，做了進一步的研究。他發現好些型號的打字機，發出的磁場強度高達四百 mG；至於打字時的高度，也就是胸部高度，磁場可高達五十 mG。接受測試的十六台打字機裡，有九台在使用者胸部位置的磁場都高於五 mG，有五台甚至超過四十 mG。

研究人員指出，電源頻率磁場與男女乳癌都有關聯，不過如今打字機大多已經被電腦取代，而電腦產生的磁場則低得多。但研究人員說：「人體固態腫瘤的潛伏期相當長，因此新近診斷出來的乳癌病例，仍然有可能是先前接觸了電動打字機的磁場所引起的。未來針對乳癌的研究，應該加入曾否使用電動打字機這個問項。」

多毛的人較少得癌症

別再剃毛、用脫毛蠟或修剪毛髮了，你很有可能因此降低罹患癌症的機率。現代人去除臉上、頭上以及身上毛髮的風氣，可能有礙健康，因爲根據這篇研究，人體會有毛髮，可能是爲了保護皮膚下的淋巴結，免受陽光中紫外線的輻射。

根據加拿大麥吉爾大學的絲維拉娜．科瑪若瓦醫生的研究，臉部毛髮的生長位置與皮膚表層淋巴結的分布型態相似得驚人，這表示臉部毛髮很可能有保護淋巴結以及甲狀腺的功能。科瑪若瓦說那是很重要的功能，因爲已經有確鑿的證據顯示，淋巴結與癌症之間有關連。

科瑪若瓦指出：「當代時尚對體毛的態度，導致一股社會壓力，要女性剃除腋下以及比基尼線外的毛髮，要男性刮除鬍鬚甚至體毛。如果這個假說成立，將代表著重要的意涵。」

動物身上的毛髮具有保護作用，爲世人所公認，但人類身上的毛髮有什麼用，卻還沒有共識；事實上，皮膚科醫師認爲人類毛髮並無重要功能。但是，如果人體毛髮眞的有保護作用呢？爲了回答這個問題，科瑪若瓦首先找出體毛之下到底覆蓋了些什麼？她得出的答案是淋巴結，也就是在協調免疫系統對抗疾病與感染上至爲重要的腺體。淋巴結會製造淋巴液，那是在全身淋巴管內流動的體液，會把身體雜質帶到淋巴結過濾；而淋巴結分布的部位，在鼠蹊、腋下、頸部，還有下顎及下巴底部。科瑪若瓦指出，這些地方全都有毛髮覆蓋。

淋巴結與癌症的關連，也是已知的事實。當癌細胞從腫瘤當中脫離出來，會經由淋巴系統跑到身體的其他地方，並有可能在那裡長出另一個腫瘤。

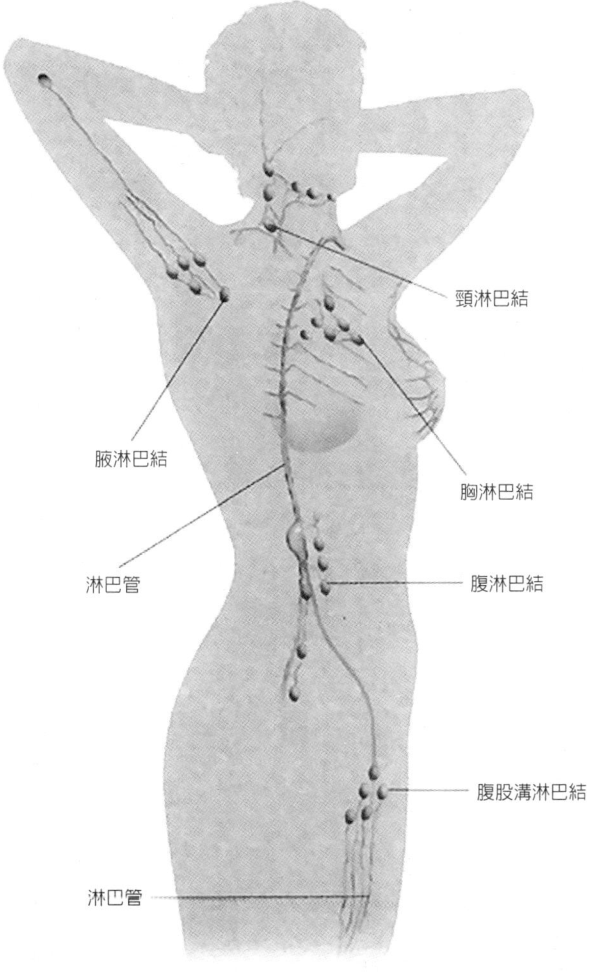

人體淋巴結分布圖

找出毛髮可能保護了什麼構造之後，接下來科瑪若瓦檢視的是：毛髮究竟保護淋巴結免於什麼傷害？她分析了好些可能的因子，包括寒冷在內，但最後她選定陽光直射所造成的熱與紫外線輻射，那也是已知的致癌因子。

問題是，如果毛髮眞的那麼重要，那為什麼女性的臉上無毛、有的男人又禿了頭？對於女性沒有鬍鬚，可能的解釋是：雌激素這種女性荷爾蒙降低了陽光輻射的致癌風險，因此女性不需要那麼多毛髮；又或許睪固酮這種男性荷爾蒙增加了罹癌風險，以至於男性需要更多毛髮作為阻擋陽光的屏障。

對這個理論的另一個潛在弱點——禿頭，科瑪若瓦也有解釋：位於頭部的淋巴結還有頭殼作為另一層保護，因此頭髮在演化需求上就變得不那麼重要。再者，還有人認為稍許的輻射線對大腦有益；禿頭者一般較為聰明，似乎並非巧合。在某些情況下，陽光、大腦與智力之間的關連，有可能讓禿頭成為演化所偏好的特徵。

科瑪若瓦總結道：「因此，我提出假說：人體毛髮具有保護腦部、生殖器以及淋巴結的重要功能，以防止遭受陽光與熱的傷害。在這樣的假說下，有必要針對男性鬍鬚所扮演的角色進行研究；同時，膚色白皙的男性蓄鬍子可能獲得好處。如果本假說得到證實，不只對醫學會有重大影響，時尚、經濟以及藝術等各方面也都會受到衝擊。」

戒菸過急可能引發肺癌

一群醫生檢視了他們治療過的所有肺癌病例後，得出一個奇特的發現：每一個病人當然都曾經有過抽菸的習慣，但不尋常的是，大多數人在檢驗出罹患肺癌的前幾個月才戒了菸。

這麼多病例都顯示出癌症出現時間與最近曾急速戒菸之間有所關聯，讓這些醫生感到吃驚，於是他們針對這些病人的背景，做了進一步的深入調查。結果發現，在四年內診療過的三百一十二個肺癌病例中，有一百八十二位病人在診斷出癌症前的五到十五個月才戒了菸。

這些年齡在四十七至七十四歲之間的病人，菸癮至少都有二十五年之久，同時一天抽的菸在二十支以上。之所以會戒菸，就是因爲有菸癮，而毫無疑問，抽菸會造成肺癌。根據歐洲重要的癌症資訊慈善機構「癌症後援會」所提供的訊息，抽菸是肺癌的頭號成因，雖然也有不抽菸的人罹患肺癌，但病例少得太多。同時，菸抽得越凶，罹患肺癌的風險也越大。改抽有濾嘴或低焦油的菸，或可稍微降低一些風險，但還是比不抽菸者高出許多。

問題是，有沒有可能說，突然戒菸會引發或加速癌細胞的生長？癮君子的身體在經歷了長達四分之一世紀的菸癮之後，突然的改變會不會使得身體的防禦系統失去了警戒？

印度芒加羅的研究人員指出，突然停掉抽菸這個習慣，可能會讓身體維修系統失控，引發不受控制的細胞分裂以及腫瘤生長。有一個理論是說，癮君子停止抽菸後，身體的維修活動會急速增加，以修補多年來細胞表面因香菸造成的傷害；只不過修護活性變得太強，以至於失去了控制。

因此，這些研究人員提出，與其建議癮君子在一夕之間停止抽菸，不如逐漸減少菸量，以至戒斷。他們認爲，身體的免疫以及維修系統也需要時間調整，對戒斷產生適應。

研究人員指出：「戒菸與出現肺癌之間具有超過六十%的直接統計相關，十分驚人，讓人無法視爲巧合而不予正視。我們的假說是，身體的自癒及修護機制在戒菸後重新啓動，對長期遭受菸害的呼吸組織進行修護；由於維修活動急遽而猛烈，甚至過了頭，而引發失控的細胞分裂及腫瘤。」

研究人員認爲，這個問題還需要更大規模的研究，對肺癌病人的病史做更詳盡的回顧，才可能有進一步的了解。他們說：「毫無疑問，菸草奪命無數；但眞的是菸草本身嗎？」

肺癌與抽菸

多年來，肺癌一直是全世界癌症死因的第一名；而抽菸是肺癌的最主要成因，已經獲得了許多統計數據與研究結果的證實。已開發國家的肺癌死亡病例中，有 90 %是由抽菸造成的。男性癮君子罹患肺癌的機率是 17.2 %，女性癮君子則是 11.6 %；而非吸菸者的風險就低得多：男性是 1.3 %，女性是 1.4 %。香菸的煙霧中含有 60 種已知的致癌物質，此外，尼古丁似乎會抑制身體免疫系統對組織惡性生長的反應。

癌症最好是在夏天診斷出來

被診斷出患了某幾種癌症的人，如果診斷時間是在冬天的話，存活率將會低得多。

根據挪威奧斯陸癌症研究院的一項研究，於夏秋兩季檢驗出罹患癌症的病人，在之後十八個月內死亡的機率，要比在冬天診斷出罹癌的病患低上三十%到五十%。這樣的發現適用於好些癌症，包括乳癌、肺癌、大腸癌、何傑金式淋巴癌以及攝護腺癌等，都表現出相同的趨勢：在冬天診斷出的病例致死風險較高。

至於造成這種現象的原因，目前並不清楚，但這種季節性的差異，顯示了原因可能與日照長短、氣溫高低，或是其他隨季節改變的因子有關。

其中最值得懷疑的就是維生素D。人體主要由日照取得維生素D，更確切地說，是由日光中的紫外線輻射取得；但人體所需的紫外線輻射量，在冬季就有所不足。維生素D除了能促進骨質健康外，對身體還有其他好處，但它對癌症這種重大疾病的生成，眞的有那麼大的影響嗎？

爲了尋找其他的可疑因子，挪威研究人員針對葉酸這個物質進行研究，葉酸是維生素B的一種，婦女懷孕時醫生都會建議服用，以防止胎兒的神經管產生缺陷。細胞分裂產生新細胞時就需要葉酸，因此成長中的胎兒尤其不能沒有這種養分。讓人好奇的是，具有葉酸不足相關缺陷的胎兒出生率，也會隨季節不同而有所變化。

這種「診斷季節理論」的理據，是日光輻射會分解葉酸，從而減緩細胞分裂的速度；研究人員認爲，這點對癌細胞最爲不利，因爲癌細胞是擴張最快的細胞。

動物實驗也支持這個想法，顯示缺乏葉酸確實會延緩腫瘤的擴張，以及紫外線造成葉酸的分解。在接受紫外線照射治療的牛皮癬病人身上，也觀察到體內葉酸量隨季節變化的情形。

研究人員說，他們的研究顯示，不管是天然或合成態的葉酸，都很容易受紫外線輻射影響。他們並指出，生活在赤道附近的人擁有褐色皮膚是有道理的，那是爲了保護血液當中的葉酸不受陽光分解而演化出來的。

研究人員的結論是：「我們在挪威觀察到，有好些癌症的存活率會隨季節變化，這可能與太陽照射引起葉酸光分解有關。這些病人體內的葉酸量，在夏秋兩季要比在冬季爲低。如果我們的理論正確，太陽照射引起的血中葉酸分解，對於癌症的預後可能有所助益。看來，我們有必要開始研究，診斷出癌症時血中葉酸的含量與後來的死亡風險之間，是否有所關聯。」

膚色與乳癌

雌激素在乳癌的發生上扮演重要的角色，這是我們早已知道的事實。月經來得早（十二歲之前）與停經停得晚（五十五歲以後）、第一胎生得遲（三十五歲以後）或是從未生育的女性，罹患乳癌的風險都較高。一般相信這些風險因子之間的關聯，就是雌激素；許多治療乳癌的藥物，就是經由阻斷雌激素這個女性荷爾蒙而產生作用。

乳房腫瘤中有高達八十％發現有雌激素受體，有近六十％對阻斷荷爾蒙的治療方式起作用。同時，在胚胎時期接觸了較高濃度雌激素的女性，一生當中罹患乳癌的風險也較高。

初經與停經年紀、生育數都不難取得，風險也容易估算，但胚胎時期接觸雌激素的情況，我們卻很難得知……但或許還是有辦法的。

英國中蘭開夏大學的研究人員提出，膚色可能就是解決的辦法。他們的理論是，在同一種族當中膚色相對的濃淡，可以作爲胚胎時期接觸雌激素的指標。與具有同樣皮膚的同胞相比，膚色越淡的人，就代表接觸了越多的雌激素，因此乳癌風險也較高。

雖說臉孔以及身體裸露部位的色素，會因紫外線照射而增加，但所謂的皮膚本色（可從上臂內側看出），確實受到基因的強烈影響。研究人員說：「我們認爲女性的皮膚本色，是出生前以及成年後接觸到多少雌激素的指標。在同一族群裡，膚色較淡的女性比起膚色較深者，在母親子宮裡以及成年後接觸到的雌激素要更多。因此，根據皮膚本色所做的量化值，可用來預測乳癌的風險：數值越低的人，代表風險越高。」

研究人員指出，膚色的性別差異，也代表色素細胞受到雌激素及雄性素睪固酮的影響；因爲在所有的人類族群裡，女性的膚色都要比男性來得淡。這種性別差異在青春期間會更明顯，因爲女性的膚色會變得更淡，男性則更深。女性的膚色較淡，也可能是因爲皮下脂肪層較厚，而皮下脂肪層也是雌激素的來源之一。

還有另一個子宮內接觸荷爾蒙多寡的指標，可用來支持這個理論，那就是食指（第二指）與無名指（第四指）的長度比。無名指較長代表胎兒期接觸了較高濃度的睪固酮，而無名指較短則是接觸了較多雌激素的指標。

研究顯示，膚色較淡的女性食指也會比較長。有趣的是，年紀輕輕就罹患乳癌的女性，通常也會有較長的食指，進一步支持了這個理論。

研究人員表示，未來的研究應該記錄乳癌患者的膚色值，並與年齡相當的健康女性膚色值做對照。「我們估計，前者的膚色會比後者淡。我們也可以藉膚色淡來預測，那樣的女性可能較早出現乳癌，而且乳癌細胞會帶有雌激素受體，病情的發展也較快。」這個資訊對於治療乳癌也會有幫助，因爲膚色較淡的女性對於阻斷雌激素的藥物，反應也會比較好。

髮膠可致乳癌

環繞在乳癌四周有諸多謎團，其中之一就是：同一個國家的國民，也會因族群不同而有不同的乳癌罹患率以及死亡率。

許多已知的乳癌風險因子，像初經、停經及生第一胎的年齡、多少親戚得過乳癌、基因突變、肥胖、酗酒等等，都是不分族群全體適用的。然而，非裔美國女性與白人女性相比，卻有非常不同的乳癌風險：一般而言，非裔美國女性要比白人女性較不容易罹患乳癌，但不論哪個年齡層，她們因乳癌而死的可能性卻更高；同時年齡在二十至二十九歲之間非裔美國女性的乳癌發病率，要比同年齡層的白人女性高出五十％；而且儘管非裔美國女性通常要比白人女性更早生小孩，這在白人女性之中可是降低罹癌風險的因子，然而年齡低於四十歲的非裔美國女性，乳癌發病率卻比白人女性都要高。

除了增加疾病風險的遺傳基因外，大多數已知的乳癌風險因子，都與雌激素的累積接觸量有關，女性接觸雌激素的量越多，罹患乳癌的風險也越高。那麼，族群之間乳癌盛行率的差異，有沒有可能是因為接觸雌激素的量有所不同？非裔美國女性是不是比白人接觸了更多的雌激素？如果是的話，又是什麼原因導致的？

根據美國匹茲堡大學癌症研究所、紐約大學以及德州大學研究人員的說法，廣為使用的個人保養產品——含有荷爾蒙或胎盤的髮膠、護膚品等等，很可能就是罪魁禍首。

研究顯示，由於非裔美國女性較常使用這些產品，因此承受的風險可能更大。研究人員指出，有證據顯示非裔美國成年女性及小孩使用含有荷爾蒙個人保養品的頻率，是白人的六到十倍。非裔美國女性開始使用頭髮及皮膚保養品的年齡也更早，在嬰兒及幼兒期就開始使用，甚至可能還在母親子宮的時候，就因爲母親使用這些產品而有所接觸。

研究人員提出的理論是，這些產品當中的雌激素在人的幼年時期，或是還在母親子宮的時候，就進入了乳房組織。雌激素一旦進入組織，就可能在生命早期刺激乳芽發育，而增加後來發病的風險。

研究人員指出，有好些報告顯示含有雌激素的產品會造成嬰兒及幼兒的性早熟。在某個病例中，由於塗在尿片上的軟膏含有雌激素，結果造成一名八個月大的幼兒性早熟。

研究人員說：「在子宮內、幼年時期以及一生當中所接觸的這些雌激素、異種雌激素以及異種荷爾蒙，有可能是造成年輕非裔美國女性出現較高乳癌發病率的部分原因。成長後的持續接觸，可能還造成了年輕及年長非裔美國女性乳癌死亡率的增加。社會大眾有權利知道他們使用在自己或小孩身上的產品，是否含有可能增加罹病（包括癌症）風險的物質。在許多國家的現行政策下，大眾並沒有享受到這種權利。」

「就公共衛生政策來說，應該要求個人保養品的製造商提供資訊，指出他們的產品在目前以及過往曾包含哪種荷爾蒙。同時，他們也應該告知爲人父母者以及孩童的監護人，要避免在小孩身上使用已知或有可能含有荷爾蒙及／或胎盤的產品。」

輯 7 治百病及長高的妙方

便祕新療法

便祕是個不容忽視且讓人不舒服的健康問題，據估計，每三個人當中，就有一人曾經爲便祕所苦。

便祕的定義是：排便困難，包括解手時疼痛、使力使上十分鐘也沒法淨空腸道，或是超過三天都沒有排便。造成便祕的常見原因包括：低纖飲食、缺少運動以及飲水不足，而壓力、抑鬱、懷孕、改變飲食以及旅遊等，也會使便祕情況惡化。

多年來，各種治療便祕的建議五花八門，多不勝數，從甘草、無花果、水煮青白菜葉，到蘿蔔、麥麩及可可不等；藥房裡也有許多不用處方就可買到的通便劑（瀉藥），此外還有心理治療與生理回饋治療。有些療法在有些時候對有些人或許有效，但對這樣一種隨時折磨著超過兩百萬英國人的毛病，我們還是亟需有新的療法。

有好長一段時間，大家以爲能試的辦法都試過了，但最近，伊朗德黑蘭醫學大學的研究人員卻想出了一個新的解決之道，至少會對半數的人有用。

他們的理論是：上大號時摩擦龜頭可能有助排便，因爲壓擠龜頭可使會陰及肛門部位的重要肌肉收縮；更確切地說，那會在肛門附近引起「球海綿體肌反射」。據稱，這種反射反應可引起肛門肌肉收縮，造成肛門內壓力上升，進而激發腸道的蠕動。

研究人員的結論是：「排便時擠壓龜頭可使肛門括約肌收縮，增加直腸壓力，進而刺激直腸的感覺神經，引起排便欲望。因此，這種簡單的做法可增進排便順暢，而減少便祕。當然，這種做法的成效還須經過臨床試驗的檢驗。」

腰果治牙痛

科學家拿自己當實驗品，可不只是科幻小說及恐怖電影的情節，多年來，許多科學突破就是因爲科學家敢在自己身上進行實驗，以找出各種不同疾病的成因及療法，其中包括霍亂與黃熱病在內。

爲了測試笑氣（一氧化二氮）的作用，牙醫師霍瑞斯・威爾斯一邊吸入這種氣體、一邊把自己的一兩顆牙齒給拔了；麻醉學的先驅威廉・莫頓差點在麻醉實驗中喪命；傑西・拉齊爾給自己注射黃熱病的病源；維爾納・佛斯曼則爲了測試心導管，將一根導管插入自己的上臂血管，再朝自己的心臟推進。

更晚近一些的，有澳洲醫生貝利・馬歇爾刻意讓自己接受一種新發現細菌「幽門桿菌」的感染，因此病了幾天，但他的實驗卻改變了胃潰瘍的治療方式。馬歇爾和同事羅賓・華倫還因此獲頒諾貝爾生理醫學獎。

這些科學先驅的作爲足以登上報紙頭條，但還有很多人也在自己身上做了實驗，只是這些實驗不那麼危險、不那麼吸引目光。

美國北卡羅萊納州的查爾斯・韋伯承襲了自體實驗的光榮傳統，以自己的口腔健康作爲試驗對象：他嘗試以腰果仁來治療牙齒下面的膿瘍。他說有研究顯示，腰果果梨與果殼油中所含的化學物質，可以把造成蛀牙、痤瘡、肺結核以及麻瘋的格蘭氏陽性菌殺死，腰果仁當中很可能也有這種化學物質。

腰果仁含有一種活性化合物，名叫槓如子酸，在試管實驗中能有效對付引起蛀牙的鏈球菌。根據韋伯的說法，槓如子酸在十五分鐘內就能殺死細菌。他說：「我有四回連續二十四小時以生腰果仁作為主食，每回都有效地消除了牙齒的膿瘍，同時並無明顯副作用。至於第五回，則花了幾天的時間。連續一週每天吃個百來公克的腰果仁，可能也會有效，這樣就可避免有人承受不了一下子吃那麼多腰果，或是會對腰果仁過敏。」

牙齒膿瘍

牙齒膿瘍又稱牙齒膿腫，是牙根尖四周組織內出現的灌膿腫囊，通常是由於蛀牙久未治療、牙齒斷裂或嚴重的牙周病，引起細菌入侵四周組織，而造成膿腫發生；牙根管治療若沒有做好，也有可能導致膿腫。

患有牙齒膿瘍的牙齒會鬆動及感到劇烈跳痛、牙肉紅腫、觸碰時痛楚加劇，這些症狀有可能波及鄰近牙齒，嚴重的話，患者還會頭痛和發燒。如果情況輕微，可利用消炎藥物和漱口水減輕發炎症狀及防止膿腫擴散，但嚴重感染的牙齒通常必須拔掉。

皮鞋可以治病

這是個不尋常的實驗，問題是有沒有用？雙腳站在灑了一些硫酸鎂的皮底鞋上，是否就能引發電流從一隻腳往上行、從另一隻腳往下走，藉此改善骨骼、消除痛風及關節炎？

在一項為期四個月的一人試驗中，一位五十七歲的志願受試者把一些鎂放進鞋裡，看看會發生什麼事，結果不但他的健康有所改善，呼吸更加順暢，他還減輕了九公斤。

根據澳洲塔斯馬尼亞這位研究員的理論，這全都是由身體內的電解活動以及電流所帶來的好處，這種電流能促進體內的化學平衡，並增強體能。

這個理論的觀念是，讓這種天然電流在體內流動，能給健康帶來長遠的影響，包括改善骨骼，以及控制尿酸引起的病症（好比痛風）。根據這個理論，兩腳不穿鞋站在地上時，就形成電極，電子會從一隻腳往上行，從另一隻腳向下走。

以兩根鋼釘插在地上進行的初步實驗顯示，確實有微量的電流通過鋼釘，但還是有兩個問題未解：第一，人體的電阻會不會高得讓電流無法從一隻腳流往另一隻？其次，人的腳能像鋼釘一樣傳導電流嗎？

為了回答這兩個問題，該研究員在地面放了兩塊不鏽鋼板。試驗者穿著塑膠底鞋子站在板上時，腳上測不到電流；但赤腳站在板上時，確實有電流從一隻腳往上行、從另一腳往下走。在第三個實驗中，受試者穿著導電性比塑膠底更好的皮底鞋，也發現兩腳有電流流動。

接下來的問題是：那對健康有好處嗎？爲了找出答案，這位研究員又進行了實驗，看看能引起身體好些毛病的尿酸，在這樣微量的電流通過以後，是否能遭到分解。

在其中一項試驗中，該研究員以不鏽鋼片作爲電極，讓固定電流通過帶有尿酸的溶液中，二十四小時後，燒杯底部開始有褐色的沉澱形成，顯示有化學反應發生。該研究員認爲，同樣的反應也可能在體內發生，讓尿酸堆積所造成的疾病得到控制。

不幸的是，近年來製鞋趨勢改變，越來越多的鞋子採用塑膠鞋底，這表示一般人無法獲得穿皮底鞋所帶來的好處。這篇研究報告指出，解決之道就是盡量買皮底鞋，或是有化學處理內墊而能導電的鞋子。

報告的結論是：「把鞋子換成有導電鞋底的、讓電流能夠通過，這樣做所需的花費與鞋子給健康帶來的好處相比，可說微不足道。目前已經可以合理做出結論：在自然的情況下赤足接觸地面，是會有電流在體內流動的；這種天然電流如能在體內流動，將給健康帶來長遠的好處，能改善骨骼結構，對於控制尿酸疾病、關節炎以及神經失調等都有幫助。」

治打嗝妙方

每個人都有過打嗝的經驗。大多數人打個幾秒鐘或幾分鐘，也就停了；但有些人卻可能連打幾個小時、幾天，甚至幾個星期也不停。

打嗝是由分隔胸腔與腹腔的一片肌肉——橫膈膜——出現不隨意收縮所造成，至於打嗝時那典型的「咯」聲，則是氣管上方的會厭軟骨突然關閉的結果。打嗝有什麼作用，至今未知，但由其普遍性來看（甚至從胎兒時就有），應該有演化上的理由。解釋打嗝的理論有很多，譬如說，那可能是人類水棲遠祖留下的遺跡，在當時的作用是避免有水進入肺臟；還有一說，那是原始吸吮反射的殘留。

不論是什麼原因造成，打嗝是不舒服又讓人尷尬的事，在某些情況中，更是漫長且痛苦的經驗，因此人類尋求治療打嗝的方子，已經有悠久的歷史。早期各式各樣稀奇古怪的療法都有人提出過，像用水漱口、拍打後背、喝一小口威士忌酒、吹氣球、吃一調羹砂糖、拿個冷湯匙放在背上；較近期的方法，則有吃一湯匙花生醬及吃冰淇淋。

這些方法可能對某些人有用，但卻沒有哪個是萬靈丹。不過或許印度卡斯特巴醫學院的研究人員終於找到了一個：把手指頭放進打嗝者的喉嚨裡。

這位研究人員在報告中寫道：「我在許多人身上試過而且成效顯著的一個簡單技巧，就是引起嘔吐反射。只要把手指頭伸到舌頭根部輕輕壓下，就算是最難控制的打嗝也會消失。不論這種指壓法的根由或理論是什麼，這都是一種簡單且容易執行的急救法，藉由嘔吐反射，可以讓打嗝打個不停的不幸患者，從不舒服及壓力中解脫出來。」

至於這種方法到底是如何作用，目前並不清楚，不過我們知道嘔吐反射是喉嚨後方肌肉收縮的動作，作用是防止噎到。碰觸軟顎或舌根，甚至只需作勢而不用眞正碰觸，就能讓大多數人引起強烈的嘔吐反射動作。有一個理論是說，嘔吐反射造成的衝擊或呼吸突然改變，讓參與打嗝的神經得以重設。另一個解釋是，當腦子專注於其他反射動作時，就忘了打嗝，因此也就中斷了打嗝的循環。

一天哼一百二十次能治好鼻塞

慢性鼻竇炎是個普遍的健康問題，在美國及歐洲，爲鼻竇炎所苦的人估計有五千萬之多。這是出現在鼻腔通道以及鼻竇的慢性發炎反應，病情可持續三個月以上，症狀包括鼻塞、呼吸困難，以及嗅覺退減；在較嚴重的病例中，還會形成鼻內息肉。

至於發病原因尚不清楚，不過美國明尼蘇達州的梅約醫院做過一項研究，結果顯示鼻內的一種黴菌是罪魁禍首；身體的免疫系統似乎在努力消滅黴菌時，引發了發炎反應，因而造成流鼻水、咳嗽、喉嚨痛、牙痛以及頭痛等症狀。

治療慢性鼻竇炎症狀的方子，包括抗生素、止痛藥、皮質類固醇以及動手術清除鼻腔阻塞等，只不過這些都只是治標，治本之道則有待發現。

如果黴菌確實是禍首，那麼使用一氧化氮可能是治療之道。這種氣體能毒死細菌及黴菌，而且人體呼吸道天生會釋出一氧化氮，因此，理論上這是殺死黴菌最好的方法。問題是，要怎麼樣才能讓感染黴菌的地方有夠濃的一氧化氮？

答案很簡單：用鼻子哼出聲來。根據美國德州研究員喬治・伊比的說法，鼻腔中一氧化氮的濃度可因哼唱而增加十五到二十倍。他的研究報告提到了頭一個因哼唱而治好鼻竇炎的病例：那是一位六十四歲的男性患者，有嚴重頭痛、咳嗽以及失眠的症狀，也試過各式各樣的處方，如類固醇注射、阿斯匹靈、鋅藥錠、抗組織胺、消痰劑以及抗生素等，不是沒有用，就是成效有限。

於是這位病患嘗試了哼唱，但也不是隨隨便便的哼，必須頻率正確，且按一定間距定時進行。以頻率一百三十 Hz 左右的低頻哼唱，看來能產生最大量的一氧化氮。

第一天晚上，他在臨睡前以每分鐘哼十八次的頻率，用力哼了一小時。接下來的四天，他每天四次以低頻用力哼上六十到一百二十聲，這種哼唱有增加鼻腔振動的作用。

在第一次哼唱後的隔天早晨，這位病患醒轉時鼻子不再塞著，呼吸也很順暢。這種療法的唯一副作用，是用力哼唱太久會導致頭暈。

根據這篇報告，半小時的哼唱對於一般感冒症狀可能也有幫助。報告指出：「一天哼唱四次，每次六十到一百二十聲，其中一次在睡前——基本上只要四天，所有症狀就會消失不見。對於那些不大需要其他醫藥或手術治療的病人，這種哼唱法有望成爲有效的治療。」不過，這篇報告提醒身材較小的女性及孩童必須注意：「小號的臉孔五官會降低哼唱造成的鼻腔振動，因此小號的女性及孩童利用哼唱來改善情況時，可能要比男人更努力才行。」

另外，開車的人也要特別留心：「過度強烈且頻繁的哼唱，會造成頭暈的副作用，因此在開車或進行需要全神貫注的活動時，不宜哼唱。」

磁鐵能讓你變高

爲了讓矮子長高，全世界每年花在藥丸、藥水及運動計畫上的金錢不知幾何。有好些補品宣稱能讓身高加長個幾公分，一些伸展運動也這麼宣稱，還有各種技術據說能刺激與生長有關的天然荷爾蒙分泌。可惜大多數時候，這些補品、運動及技術所增加的，只是人的想像而已。有一種方法確定能夠增高，那就是動手術，將腿骨打斷再拉開，讓新骨長出將空隙塡滿。這種需要用到破壞性整形外科手術的做法，不但所費不貲，而且過程痛苦又漫長，所以通常只用在特別矮小的人身上。

在崇尚高個子的社會，矮個子無論在求偶、覓職等各方面，都讓人覺得相當不利，因此，對於簡單、快速的增高法，需求一向很大。爲了滿足這樣的需要，印度的醫生想出了一種新奇、無痛又相對便宜的增高法：把磁鐵綁在腿上。

這種做法的理論很簡單，磁鐵的用處一般在於它能相吸，在此則用上它的排斥力。做法是將兩塊磁力強大的環狀磁鐵，綁在想要增長的小腿或大腿外側，中間留一小段間隙。綁磁鐵時，把相斥的兩極相對，各位於間隙的一端。如果這兩塊磁鐵沒有綁死在腿上，相斥效應就會使它們互相推開；但由於這兩塊磁鐵是無法移動的，理論上，中間的間隙、連同腿骨就會給拉長。換句話說，相斥的磁場刺激了骨骼的增長。

印度卡斯特巴醫學院的研究人員說，他們已經展開實驗，而且結果顯示這種做法可能有效：「磁力強度、治療時間以及骨骼的選擇（股骨還是脛骨），都可以依病人的方便及舒適做出改變。我們相信，透過更多的實驗，我們將能改進這種療法的特定要求，並使其標準化，以取得最佳結果。」

研究人員認爲，磁鐵在骨骼生長上可能還有其他應用方式，甚至可用於骨折的修復。來自美國加州大學的研究也支持這個說法：加大的研究人員用了全新的磁鐵療法來改善孩童胸腔下陷的毛病，他們將一塊磁鐵植入胸骨，另一塊置於胸前的衣服裡，持續三個月之久，結果兩塊磁鐵的相吸力，把下陷的胸腔逐漸拉了出來。首創這種療法的醫生指出，這種療法將可取代傳統手術，給胸腔下陷的治療方式帶來徹底的改變；傳統手術需要病人住院好幾天，之後還得花上幾週甚至幾個月復元。

喝水可降低心臟病風險

那些沉積在動脈壁上惹人嫌的脂肪，到頭來可能是無辜的。這些脂肪沉積一向被認爲是動脈硬化的禍首，而動脈硬化又會增加心臟病以及中風的風險；但脂肪沉積其實可能只是在保護身體罷了。

脂肪在血管壁上沉積，看來不能全怪吃入的肥油，禍首可能是胸腔的溫度。有研究指出，吃進高能量的食物，會增加胸腹腔的溫度，如果溫度居高不下，腹部以及胸部的動脈血管就會用脂肪（俗稱肥油）作爲隔熱屏障，不讓體溫隨之上升。

不過，這種有害的溫度上升可以用喝水來避免。美國加州衛生部的研究人員指出：「我們應該在用餐時、或者用餐前後喝水，來降低食物的滲透度。在高溫的環境下，更一定要增加飲水量。」

當動脈內壁有脂肪物質（包括膽固醇）堆積，形成一圈脂肪層時，就造成了動脈硬化。動脈硬化會降低血流量，也容易導致血凝塊生成，造成心臟病發或中風，是全球排名數一數二的致死原因。有研究顯示，動脈硬化是由動脈組織出現傷害所引發，罪魁禍首則是高膽固醇、糖尿病、抽菸以及高血壓。

加州的這位研究人員說，雖然有關動脈硬化的理論已有好一些，但還沒有哪個能完全解釋這種疾病的發生，因此有必要徹底改變思維方式。根據他的研究報告，有充分的科學證據顯示，高能量食品確實會使體溫上升；以動物實驗爲例，食入果糖會增加大腸溫度，飲水則否。如果這種熱度沒有驅散，體溫及血液溫度都會因而升高，屆時胸腹腔的溫度將不容易降低，因爲這些部位有大量的脂肪。

根據這個理論，主動脈這條身體最大的動脈，會在管壁上積存脂肪作爲隔熱層，這才是動脈硬化的起因，而不是什麼食入過多脂肪。報告中說：「食入脂肪並不會造成過度的生熱作用，因此不會造成動脈硬化，瘦子與胖子同樣都有出現動脈硬化的風險。」

如果體熱眞是禍首，那麼飲水就會是防止心臟病的新療法了。水不但能降低胸腹腔的溫度，還能吸收過度生成的熱，以尿液方式排出體外。這篇報告建議，每消耗一大卡的熱量，就應該飲用一至一．五毫升的水，同時還說：「這項新假說有科學研究爲根據，是值得信賴的。」

動脈硬化

長久以來，動脈硬化始終是醫學和生物化學研究的重點，原因就在於它的普及。許多人有動脈硬化，但是這個狀態可以在人體內存在數年、甚至數十年，卻沒有任何病徵，然後就會突然以局部缺血、血栓、心肌梗塞、中風以及心力衰竭等致命病爆發。

由於動脈硬化的過程非常複雜，參與的細胞、組織和分子又多樣而錯綜，至今醫學上沒有很好的預言動脈硬化技術。不過透過病史學和臨床研究，至少總結出了容易形成動脈硬化的因素，包括有高血壓、肥胖症、糖尿病、高膽固醇、高熱量高脂肪飲食、抽菸、緊張、遺傳和體力等等，其中尤以膽固醇的影響最大。

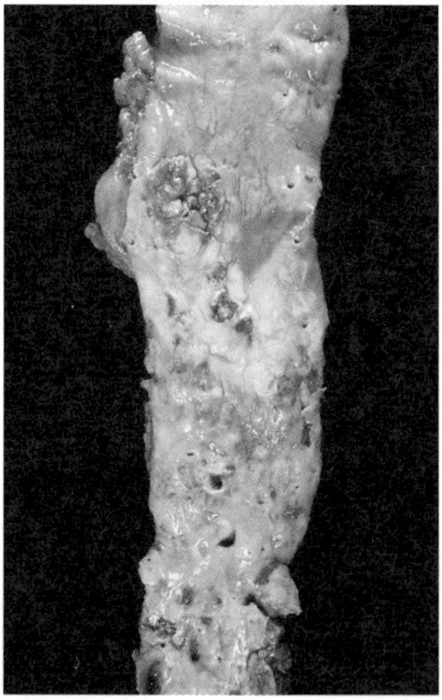
出現動脈硬化的血管

治百病的方子

幾乎每個人都曾經節食過，或曾經有計畫要那麼做，但全球肥胖以及與體重相關疾病的發病率，卻仍創下歷史新高。有些國家的肥胖率已接近二十％或更高，若是將肥胖與過重的人口合併計算，比例已過半數，使得瘦子成了少數民族。

有證據顯示，節食其實沒什麼用，或者只是在某些人身上有短暫功效，整體而言效用不大。這可是個大問題，因爲與體重過重有關的疾病，從癌症、心臟病、糖尿病、高血壓、打鼾到不孕症都有，節食無效代表了這些疾病的發病率也將持續上升。

因此我們亟需一套高度有效的飲食方式，能夠對症下藥，從根本解決肥胖的成因，並幫助減輕體重，以預防更嚴重的相關疾病，甚至還能治療這些病症。問題是：那會是什麼樣的飲食之道呢？

答案是：黑猩猩的飲食。

美國華盛頓大學的漢斯．德邁爾特在題爲〈最健康飲食假說：如何治療百病〉的研究報告中指出，回歸生食可能是關鍵所在。他說，從遠古時代到約五百萬年以前，人類的靈長類遠祖都住在非洲南部的熱帶林當中，靠著經過二千萬年仔細演化出來的飲食過活。然後，一些很有冒險精神的成員跑到附近的大草原，吃起掠食動物吃剩的大型草食動物殘骸，也就吃起肉來；這些肉食者可能就是現代智人（*Homo sapiens*）的直系祖先。

德邁爾特說：「隨著人類的繁衍，這種食肉的生活型態也延續下來，以至於人類一再被迫以越來越不合適的飲食維生，演變至今，有相當大比例的人口吃的是所謂的大麥克飲食。」然而，留在森林裡仍以當地食物維生的一支人類近親，卻沒有太多改變，牠們就是如今的黑猩猩（*Homo troglodytes*）。黑猩猩的生食裡，有七十五%是野生熟果，二十%是樹葉及木髓，剩下五%的食物則來自動物。我們知道必需脂肪酸可保護人類免生許多疾病，包括癌症及心臟病，而黑猩猩飲食當中的脂肪成分，有一半就是必需脂肪酸。

德邁爾特表示，這種飲食仍然是人類最健康的飲食，因爲經過兩千年的演化，代表人類仍然最適應這種飲食。該報告寫道：「人類與黑猩猩的共同祖先並不會生火煮食，人類後來的各種飲食方式，包括目前美國廣大民眾的大麥克飲食，都越來越仰賴肉類、穀物、豆類以及馬鈴薯等食材，這些食材都需要煮熟才能食用。結果，我們都變得較不健康了。模擬黑猩猩的飲食，適當輔以超級市場的食品，這樣對我們才是最好的。」

死亡也可以治療

青春之泉、忘憂島、彼得潘、長生不死藥……人類一直熱中於追求青春、長壽以及永生；或者如伍迪艾倫所言：「有些人想要透過成就或子女來追求不朽，我寧可透過不死來達到永生。」醫藥的根本之道，在於延緩死亡，宗教則因給了信徒死後還有生命的安慰，而歷久不衰。古代的埃及人藉由製作木乃伊來對抗死亡，現代的一些百萬富翁則計畫死後將自己的屍體冷藏起來，冀望幾百年後造成他們死亡的絕症已經有了治療之道，他們就得以起死回生。

問題是，死亡眞的不可避免嗎？

據美國德拉瓦州的研究員查爾斯．歐爾森指出：「只要對我們作爲一個人的生命本質做簡單的哲學思考，就可以得出一個驚人的可能性：死亡是可以避免的，而且這種技術早已存在了幾百年。」

他的理論是，將身體冷藏的做法方向是對的，但卻沒抓住要點。我們可以騙過死神，方式不是把冷凍的腦子拿出來解凍，而是把經過化學方法保存的腦器官當做藍圖，製作出一模一樣的備份。

歐爾森說，心智是生命的根本；大腦就像個計算機（電腦），心智則是計算出來的行爲表現。

人腦獨一無二的設計，為心智運作所不可或缺；如果說永生是有希望的，那麼人腦就是頭一個要保存的器官。歐爾森的理論是，如果大腦是個機器，心智是處理資訊的軟體，那為什麼不能將後者轉到另一台機器上，一如軟體在各台電腦之間遊走一般？再怎麼說，腦組織本來就會不斷更新，我們死的時候，組成身體的大多數分子在我們出生時都並不存在。因此，以新的腦機器更換舊的腦機器，跟自然發生的汰舊換新並沒有多大不同，只不過是更快速、更完整的更換方式罷了。

人死後把腦子以化學方法保存起來，心智的藍圖也就可以永遠保存，那既不是死的，也不是活的，就只是等著。然後，在未來的某一天，或許是一萬年之後，這幅藍圖將可以重新讀取，同時一台全新的機器——一個新腦子，也將用來承載這個心智。

歐爾森的研究報告指出：「保存下來的腦子就等於一個處於凍結狀態的人，這不是從生物的角度而言，而是從意識及心智方面的觀點來看。一如麻醉讓我們暫時失去意識，把腦子保存起來，也讓我們具有意識的生命有個漫長、但終究屬於暫時性的停頓，就好比睡了一個深沉但無夢的長覺一樣。從我們日常生活的狹窄角度來看，一萬年可能遙遠漫長得不可思議，但我們所處的當下，終究也會在人類古老漫長的歷史當中，成為一個永恆的位置。遙遠未來的那一天也終將到來，那將可能是我們展開餘生的第一天。」

輯8 蟲子貓狗保護人類不生病

養寵物預防心臟病

儘管醫學的進展一日千里，大家對抽菸及飲食不當會危害健康的意識也提高了，心臟病仍然是現代人最主要的死因之一。心臟病每年奪去十一萬英國人及六十萬美國人的性命，同時，英美兩國還有超過六百萬人罹患了心臟相關疾病，好比心絞痛（心肌梗塞）。

我們知道許多疾病與生活型態都會增加心臟病的風險，例如高血壓、糖尿病、高膽固醇、抽菸以及飲食不當等，但有越來越多證據顯示，焦慮、壓力及抑鬱等心理因素也是風險因子。譬如有許多案例顯示，獨居者罹患心臟病的可能性較高，反之，結了婚的人風險就較低；而從未結過婚的人死於心臟病的風險，要比結過婚的人高出三十八%之多。此外還有數據顯示，生活圈較廣以及喜歡與朋友來往的人，罹患心臟病的機率也較低。

至於與朋友來往或有人陪伴是如何保護心臟、缺少這些又如何增加患病風險，我們還不清楚。有一個理論是說：這全是由於情緒壓力引發腎上腺素分泌增加，使得血液更容易凝結，而造成心臟病風險增加，甚至發病。身邊有個伴，就可能舒緩情緒壓力，不讓腎上腺素的分泌過多。

許多研究都發現婚姻或有個伴的好處，但這是否就表示，身邊只有動物為伴的人，注定要得心臟病了？

美國印第安那州普渡大學的研究人員可不這麼認爲，他們說，同樣的好處也可以從另一種同伴關係中獲得，也就是寵物。養寵物可能救了成千上萬條人命，每十個人當中就有七人可能得到這種好處。

有證據顯示，人類可以跟寵物建立深厚的感情聯繫，特別是狗。這些研究人員指出，養寵物的好處包括有親密感、娛樂性、不帶批判的關係以及減少孤立感。這些特性都是人與人之間的關係裡會有的，而且已證實可以避免壓力、孤獨、低潮以及焦慮的傷害，這些都是心臟病的風險因子。

研究人員並引用數據指出，養寵物可能與心臟病死亡率降低了二到三％有關。他們說：「在美國，經由其他主要預防措施將心臟病死亡風險降低類似的幅度，每年就有可能救活六千到一萬兩千條人命。」而如果說養寵物除了能增進心臟病發後的存活率，也可以降低罹患心臟病風險的話，那麼可以挽救的人命就更多了。

研究人員指出：「在醫療技術越來越精密複雜的今日，像養寵物這種公認可增進生活品質，並且將近五十％的美國家庭都採行的做法，卻一直沒有充分的研究去探討它降低心臟病風險及死亡率的可能性。我們提出的假說是：寵物對於主人的心理風險因子具有正面的影響，因此可能降低心臟病的風險；如果眞的心臟病發，也可能增加存活的機率。」

搭電梯讓孕婦自然生產

從表面上看來，下面這個現象似乎沒有合理的解釋：在一百九十八位因難產送進醫院的孕婦當中，有四十二人的情況戲劇性地好轉，自然而然就把孩子生下來了，沒用上原本打算進行的剖腹產。

這些孕婦在抵達醫院後，都接受了針對難產的傳統治療，也都沒有反應，然而就在她們準備動剖腹產手術前的幾分鐘，也沒有什麼明顯的原因，卻都自然生產了。這些產婦當中，許多是在前往手術房的途中，或是剛送到手術房，還沒來得及動剖腹手術，胎兒就從陰道自然出生了。

研究人員對此現象進行調查，發現這種無預警的突然自然生產，多數發生在產婦從待產房轉送到手術房的途中。醫院裡，這兩個單位通常位於不同的樓層。

由於在轉往手術房之前，這些產婦都沒有接受過任何可以解釋這種突發現象的藥物治療，因此伊朗夕拉茲醫科大學的研究員轉而尋求其他的解釋，特別是在這些產婦身上共通的因子。他們發現，這些突然自然生產的孕婦都是搭乘電梯送往手術房的。

造成難產的原因之一，是胎兒的頭部位置不適合自然生產（也就是「胎位不正」）。因此，這些研究人員提出，電梯突然間的上下移動以及重力，可能改變了胎兒在子宮裡的位置；而這種壓力的改變，讓胎兒得以移到較爲適合生產的位置，因此導致了自然且正常的分娩。

研究人員寫道：「電梯可能給了胎兒力道，讓胎兒頭部得以翻轉到適合後續生產過程的位置。因此我們提出如下可能性：電梯的突然移動以及重力，影響了胎兒在子宮的位置，讓胎兒有機會改變姿勢，轉變到適合通過陰道產出的較佳位置。」

海藻可預防愛滋病

全球因愛滋病而死的人數，仍無情地持續上升。根據最新的估計，全球有超過四千萬人帶有愛滋病毒，每年還新增五百萬名患者，同時每年死於愛滋病的人數超過了三百萬人。

愛滋病還沒有根治之道，有的只是需要長期服用、昂貴、副作用又多的治標藥物，因此亟需更好的療法，目前也已經有上百億的經費，投注在尋求對抗人類免疫缺陷病毒（HIV）以及治療愛滋病的更佳療法上。單是美國政府，每年資助愛滋病研究的經費就超過十億美元，再加上其他國家、藥廠、大學以及醫療中心的投資花費，總數可謂十分驚人。

到目前為止，已有數百種化合物經過篩選，被認為可能具有療效，其中許多是經證實具有一定程度對抗病毒能力的天然物。

研究顯示，對抗任何一種病症的藥物當中，都有高達三十％的成分源自天然物，包括全球最出名的藥物阿斯匹靈在內。所以說，下一個治療、甚至治癒愛滋病的特效藥，很有可能就是來自天然物。問題是：那會是什麼？

根據南卡羅來納大學、南卡羅來納癌症中心以及澳洲塔斯馬尼亞海洋生物醫學研究院的研究人員指出，這個天然物可能是藻類，也就是海藻。

想要找出哪一種植物有可能是下一個特效藥，第一步是從間接的證據著手，看看有什麼族群經常食用、飲用或外敷某種植物，或是把它當菸抽，而有較低或較高的愛滋病發病率。無巧不巧，經常食用藻類的東亞民族（包括日本、韓國）只有〇・一％的成年愛滋病患者，而大多數非洲地區的感染率卻可達四十％以上，兩者有天壤之別。

非洲地區偏高的發病率當中，卻有個奇怪的例外：查德這個國家的愛滋病盛行率只有二・六％到三・六％。讓人感興趣的是，查德當地有一道常見的菜，是用螺旋藻做的。研究人員指出，有證據顯示海草及螺旋藻的萃取物可阻斷好些病毒，包括皰疹病毒。還有研究顯示，經螺旋藻萃取物處理過的細胞，需要多五倍的人類免疫缺陷病毒才會受到感染。另一項試驗顯示，把海帶這種亞洲藻類製成的溶液，與受到人類免疫缺陷病毒感染的細胞共同培養三日，所有受到感染的細胞都不見了。

研究人員說，在接觸人類免疫缺陷病毒前食用藻類，將可能使身體需要接觸更多的病毒才會受感染；而感染後持續食用藻類，也可能降低病毒在宿主細胞內繁殖的速率。此外，藻類還可能刺激免疫系統來對抗病毒。

他們的結論是：「食用藻類可能預防感染愛滋病毒，或減緩愛滋病的病情發展。這些藻類補充劑並沒有已知的副作用，因此醫生可以將藻類與傳統療法結合，以達到最大效果。」

螺旋藻（spirulina）

螺旋藻是一種生長在鹼性鹽湖裡的藍綠藻，原產地主要有兩處：墨西哥的德斯科科湖、非洲的查德湖。相傳 16 世紀墨西哥的阿茲特克人以螺旋藻作爲主要蛋白質來源；查德人則至今仍以螺旋藻爲日常飲食，把從湖中採集而來的螺旋藻曬乾，製成薄餅作爲羹湯食用。

西方世界直到 1960 年代才發現螺旋藻豐富的營養價值，開始對其營養成分與人工養殖進行基礎研究。螺旋藻含有豐富的蛋白質，因爲是完全蛋白質，所以包含所有必需的胺基酸；此外還有高含量的必需脂肪酸、多種維生素、礦物質和光合色素。如今，螺旋藻已成爲流行的營養補充品，不過它的健康及治療效用仍然受到質疑。

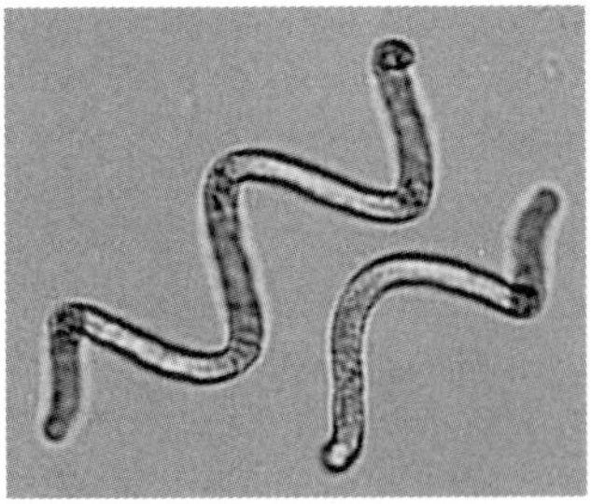

螺旋藻

螺旋藻營養品

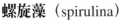

蛔蟲可預防心臟病

在尋找疾病成因時，一開始的策略通常是先看看發病率的地理差異，如果某個地方的人有特別高或是特別低的疾病盛行率，那麼很有可能他們的生活環境或生活方式，讓罹患疾病的風險增加或降低了。這種流行病學的研究方法，已經讓我們找出許多疾病的風險因子，有些疾病相關因子之前早已受到懷疑，但偶爾也有出乎意料的發現，更有一些罕見的關連，乍看之下讓人難以相信。

動脈硬化是一種引起心臟病與中風的疾病，以色列哈達薩醫學院及班古林大學的研究團隊在研究動脈硬化的成因時，發現其盛行率有著極爲顯著的地理差異：生活在腸道寄生蟲（蛔蟲）感染盛行地區的人，罹患心臟病的風險都比較低，顯示寄生蟲或許能防止心臟病及中風。

動脈硬化是個重要的健康問題，這是一種脂肪斑塊的堆積，通常發生在大型及中型動脈內，當動脈斑堆積到一個程度時，可嚴重降低血流量。動脈斑還可能破裂或剝落，造成凝血塊，引起心臟病及中風。英國每年因心臟病而死的人數高達十一萬人以上，心臟病發的則有將近三十萬人。

一些造成動脈硬化的風險因子已爲人所知，例如高膽固醇、高血壓、抽菸與糖尿病等，但研究人員說，這些因子並不能完全解釋有近半數患者心臟冠狀動脈出現嚴重問題的狀況。

這項研究指出，動脈硬化與蛔蟲之間的關聯，從來還沒有人探討過。蛔蟲感染常見於貧窮地區，在衛生狀況差的社區盛行率特別高；據估計，全球人口有三分之一遭到蛔蟲感染，感染率最高的是年過五十歲的人。在西方國家，這個年齡層也是心臟病發率最高的族群。

研究人員指出，雖說心臟病發率在開發中國家要低得多，但隨著開發中國家受到西化，心臟病發率也隨之增加。來自中國、印度以及非洲的證據都顯示，社會經濟的進步以及西化程度日深，扭轉了這些國家一向具有的低心臟病發率優點。因爲隨西化而來的，是公共衛生的改善以及蛔蟲感染率的下降。研究顯示，生活在衛生條件經過改善的都市男性，動脈硬化的風險也隨之增加；而從鄉下移居到公衛條件較佳城市的族群，只要經過一代，動脈硬化的程度就有所增加。

至於感染蛔蟲究竟是如何影響了心臟病的患病風險，目前並不清楚，不過有一個理論是說，這可能與蛔蟲本身的生存機制有關：蛔蟲可經由分泌具有消炎作用的物質，逃避或抑制人類的免疫系統；進一步推論，這種分泌物可能同時也對動脈硬化產生保護作用。

研究人員的結論是：「我們提出假說：蛔蟲對心臟病具有保護作用。有好些不同方向的證據支持這個想法，也就是蛔蟲感染與動脈硬化及其相關疾病之間有反向的關聯。未來的挑戰是如何應用這項知識，發展出更好的療法。」

殺人病毒潛藏在冰裡

極地冰帽正在融化之中，而在那些冰帽的下方深處，有些惡毒的東西正蠢蠢欲動：一些冰封了幾百萬年之久的病毒，可能即將脫身。這裡頭有些是能夠傳染給人類的，好比A型流感病毒及小兒痲痺病毒，有些病毒的作用，則屬未知。

根據研究人員的計算，融化中的冰山每年都會釋放出至少十萬兆個微生物，其中黴菌、細菌與病毒都有。

研究人員說：「冰河、冰層以及湖冰當中藏有病毒的假說，已有證據支持。自然界的冰會將病毒凍住封藏起來，我們的假說是，這裡頭包含了大量的病原病毒；這個巨大的儲藏庫對全球公衛以及根除特定病原體的努力，將造成巨大影響。近來新型、威力強大且來源不明的人類病原體不斷神祕出現，而且有越來越頻繁的趨勢，這是一種警訊，顯示傳統的疾病監測系統缺乏偵測非傳統疾病的能力。」

對於某些疾病的現身、傳播開來，然後又消失無蹤的現象（好比某些品系的流感病毒），冰封病毒的理論可以提供解釋。

來自美國奧勒岡州立大學、紐約州立大學以及俄亥俄寶陵格林州立大學的研究人員指出，冰凍可以保存大多數病毒的完整及活性。根據這篇報告，能夠封存在冰裡頭的病毒，包括了小兒痲痺以及流感病毒；小兒痲痺病毒在長期冷凍過後，仍然活性十足，可輕易且快速地經由水散播。

經常接觸水與冰的水鳥，是A型流感的主要帶原者。一九一八年的H1N1流感病毒估計奪去了二到四千萬條人命。這篇報告還指出，自一九一八年以來，這種病毒的變種在銷聲匿跡幾十年後曾經重現江湖；而在那消失無蹤的幾十年間，病毒可能就潛伏在冰山之中。報告並引用前人的研究指出，在西伯利亞一個冰封的湖中，曾發現過這種病毒的蹤影。

另外有證據顯示，還有好些傳染病也在流行一陣後，又神祕消失。譬如最早於一九三二年出現的某種杯狀病毒，造成加州養豬業出現一波傳染病流行，一開始還誤以爲是口蹄疫。二十年後，這種病從加州傳到美國各地，但不到四年又全都消失不見。如今研究發現，這種病毒的主要帶原者是魚，魚類可能是在受到融冰汙染的水中染上病毒的。

研究人員得出結論：「除了在西伯利亞的湖冰中發現A型流感病毒亞型的蹤影外，這種病毒在消失幾十年後又再出現，這些都是支持我們假說的間接證據：冰可以是活病毒病原的儲藏所。我們在控制、監測以及根除病原病毒時，應該把病毒有可能困在自然界冰層當中這個因素考慮進去。」

格陵蘭冰層的融化，將有可能釋放多種冰封已久的病毒

以車代步讓人得病

自從人類發明了汽車之後，肺癌、乳癌、糖尿病與心臟病的發病率都增加了，這只是一種巧合嗎？澳洲的一位研究員比較了疾病的發生率與汽車的使用率，想找出以車代步促成甚至造成這些疾病的可能性，他認爲那不只是巧合。

這位研究員提出的理論，不是說乘車接觸到的廢氣、汽油或是其他毒性物質讓人得病；而是說乘車這項舉動，不費什麼體力就可以來來去去，造成身體的防護機制超載，導致血中葡萄糖及其他物質的量升高，以至於引起疾病。

這項研究根據的是將近六十年的澳洲數據，以及一群駕駛的血液測定，結果發現肺癌、糖尿病以及乳癌的死亡率，與使用汽車作爲交通工具之間有顯著的相關。這篇報告指出，從死於肺癌、糖尿病以及乳癌的病例紀錄看來，每十萬人當中的死亡率，在二十世紀之前汽車尚未問世時數值甚低；而當汽車逐漸普及後，這些疾病的盛行率也隨之增加。

在檢視所有的證據後，這篇報告提出了「不花力氣旅行理論」。它的要旨是說，當身體感覺到自己正在移動，自主神經系統（主要是交感神經）就會出現因應，造成血液中的變化；也就是說，身體把正在移動的感覺送給大腦，大腦會認爲身體需要能量，於是做好走路或奔跑的準備；

但事實上身體並不需要什麼能量，因爲人是坐在車子裡，都是車子在做工，這時身體機制就會變得不正常，因爲身體出現的反應派不上用場。

這篇報告寫道：「我們認爲，是這些反應造成了疾病發生，因爲搭乘車輛會影響身體的循環系統或神經系統，而這兩個系統與上述疾病息息相關。」

爲了測試開車可能影響血中葡萄糖及其他化學物質的理論，澳洲皇家侯巴特醫院的生理學科找了十位年齡在十九至六十二歲之間的男士進行了測試：他們讓這些男士以每小時不超過八十公里的車速開十五分鐘的車，並在開車之前與之後抽取血樣分析。結果顯示這些人在剛開過車後，血中葡萄糖、膽固醇以及三酸甘油酯的濃度，比起開車前都有顯著增加。以葡萄糖的濃度爲例，增加了將近十八%。

這篇報告的結論是：「由開車試驗顯示出血中物質濃度的改變，強烈支持了開車可能讓人得心臟病的假說；也就是說，實驗證實了人在開車時，確實會出現生理上的改變。我們認爲，這些改變可能與許多疾病，還有荷爾蒙、血液以及神經的毛病有關，甚至對於孕婦以及胎兒，都可能有不好的影響。」

冷飲如何預防胃癌

爲了尋求更有效的癌症療法，投入相關研究的經費已經多得數不清。雖然每年都有數百種新療法以及數十種新藥進入臨床試驗，其中偶爾也有重大突破，但更多時候，新療法只給人帶來希望，療效卻很有限。

在少數情況，眞正重大的進展並不是發現了對抗癌症的新療法，而是找出引起癌症的原因。譬如肺癌是一種難以治療的惡疾，但對多數人來說，要預防卻不難，醫學界發現抽菸是造成肺癌的主要原因後，已讓成千上萬的人免於提早進棺材。

這個造成大多數肺癌的原因，在研究人員的眼皮子底下其實已經好多年了，但一直要到半個世紀前理查・竇爾爵士的流行病學研究，才確認了抽菸與肺癌之間有緊密的關係。

那麼是否還有什麼其他癌症的成因，從事後之明的角度來看，也會同樣明顯？

在過去五十年間，美國以及西歐各國的胃癌發病率已經顯著下降，但在世界其他地方，包括日本，這個問題仍然嚴重。胃癌有好些可能的成因，包括感染幽門桿菌，也就是經常造成胃潰瘍的細菌；只不過細菌感染並不能解釋所有的胃癌病例。那麼，還會有什麼因素呢？

根據研究人員史蒂芬・席利的研究報告，胃癌發病率的下降，與汽水以及家用冰箱的普及都在同一時期發生，這中間可不是巧合。他的理論並不是說冷飲對胃癌有直接的保護作用，而是說冷飲的出現使人減少飲用可能導致胃癌的禍首：熱飲。

席利認爲，熱水可能傷害胃的內襯黏膜，使得癌細胞容易生長。至於熱食沒有類似的作用，是因爲吞嚥之前必須咀嚼，這就把食物溫度降得差不多了。這篇報告指出，美國胃癌病例出現六十五%的下降，就是在開始使用冰箱後不久；英國則晚上十年，要到一九四五 年胃癌才有較爲小幅（三十%）的下降。

至於琉球在美國管轄下的二十七年間，胃癌發病率有更顯著的下降：一九七二年美國將琉球交還給日本時，胃癌的盛行率是每十萬人有十一．三個病例，相較之下，日本的數字則是四十六．七。

家用冰箱開始普及，同時也引發了另一種生活方式的革命：清涼飲料的消耗量大幅上升。一九三〇年代，每個美國人平均一年喝下四十瓶飲料，到了一九七〇年，這個數字上升到三百瓶。同一時間，胃癌發病率則下降了三倍。這篇報告寫道：「或許可以這麼解釋：並非清涼飲料有什麼預防胃癌的作用，而是它所取代的熱飲會致癌。同樣地，冰箱的作用造成了冷飲普及，讓人在熱飲之外還有別的選擇。胃癌發病率的奇特分布，大多數都可由過熱飲品對胃的表皮層有致癌作用的假說解釋；而胃癌的減少，則與汽水、冷飲之類的飲料取代了熱飲有關。」

抽菸引起風濕性關節炎

一八〇〇年，有位年輕的法國人朗卓波維爲了取得醫學博士學位，寫了一篇論文，這篇論文對於影響全歐洲近三百萬人的一種疾病，造成了深遠的影響。他提出的看法是，這種病症不是一般人所認定的屬於痛風的一種，而是不同的疾病。如今，朗卓波維的論文已公認是描述風濕性關節炎的最早期文獻，而他的研究也開啓了後人全新的研究路線，雖說這個病至今仍無治癒良方。

問題是，這位年輕醫學生所描述的病症，到底是存在已久、但一直未爲人所知的老字號疾病呢，還是一種新出現的毛病？

儘管醫學界已對風濕性關節炎做過仔細的研究，包括有關免疫、遺傳、傳染以及荷爾蒙等可能的因子，但它的成因就像它的根治之道一樣，至今仍然沒有著落。甚至這個疾病存在的時間有多長，也都沒有定論。

根據美國紐澤西州一位研究員的說法，英國以及歐洲從美洲引進菸草之後不久，風濕性關節炎的病例就開始出現，這可不是巧合。這位研究員提出了古代北美洲住民患有這個毛病的證據：科學家在掃描了有三千年歷史的北美出土遺骸之後，發現骨頭上有罹患風濕性關節炎的症狀。美國原住民吸食菸草是早就爲人所知的事，因此有沒有可能說，英國伊莉莎白時代的探險家最初從美洲帶回菸草時，就把風濕性關節炎的病原也一併帶回英國了？

這篇報告指出：「如果風濕性關節炎在三到五千年前就已存在於新世界的居民身上，而歐洲的病例要到菸草引進後才出現，那麼菸草很有可能扮演了病原的角色。本篇論文的假說是：以一手或二手方式接觸了菸葉燃燒產生的煙塵，與風濕性關節炎之間具有顯著的相關。」

至於這種作用是如何造成的，目前還不清楚，可能性之一是經由發炎反應致病，因爲風濕性關節炎是一種由免疫系統攻擊正常組織造成的發炎疾病。

這個理論還有個潛在的絆腳石，那就是：風濕性關節炎好發於女性，而女性年紀輕輕就開始抽菸的人不多。可能的解釋之一是：女性可能是由於接觸二手菸而致病的。

氣喘是由住在肺裡的小蟲引起的

雖說患有氣喘的人數眾多（英國每十二人中就有一位），但醫學界對其確切病因仍不完全明瞭。常見引起氣喘發作的因子包括：傷風感冒、灰塵、菸塵、過敏及運動；至於爲什麼有些人容易患上氣喘，有些人又不會，目前還不清楚。

研究顯示，十位氣喘患者當中有七位也對住家塵蟎過敏；同時這些人當中，超過九十％體內都有一種抗體，專門針對與塵蟎有關的一種物質 Der P1。我們知道住家塵蟎會製造好些強力的過敏原，Der P1 就是其中之一，它在塵蟎腸子的中段製造，能幫忙塵蟎消化人類組織裡的蛋白質。

這篇研究報告來自英國的加地夫大學，其中的理論是說，對塵蟎過敏的人出現氣喘，可能是由於把活塵蟎吸入了肺裡；這些塵蟎會繼續在肺裡存活一陣子，爲了有食物可吃，於是分泌 Der P1，以分解組織及細胞。

研究報告寫道：「我們提出假說：對塵蟎過敏的人，可能是由於不斷吸入活塵蟎所致，而塵蟎能在肺部的細支氣管存活好一陣子，於是就引起了氣喘。有證據顯示，身體一開始接觸塵蟎的過敏原時（特別是 Der P1），有可能引起敏感化。換句話說，在某些人身上，Der P1 可能與氣喘的成因有因果關係。」

塵蟎有可能是氣喘的病原

塵蟎把表皮細胞吃了以後，露出底下容易對塵蟎過敏原起反應的組織，就會引起敏感化。如果身體一再受到塵蟎侵擾，就會引起典型的氣喘過敏反應。

至於塵蟎如何進入體內，還不完全清楚。但這篇報告指出，我們睡覺時如把鼻子貼著枕頭睡，不時吸入塵蟎也不是不可能的事；尤其一般家庭的床墊，每立方公尺就有大約兩萬隻塵蟎。我們一個晚上會吸入將近五千公升的空氣，因此吸入活塵蟎的機率是很高的。以塵蟎的體型，大多數會停留在上呼吸道或是氣管，而非細支氣管；但牠們還是有可能爬到更深處的肺部去。

這篇研究報告還說，科學界早已知道其他靈長動物的肺裡有塵蟎的蹤跡。同時在鳥類、昆蟲以及其他動物身上，也都發現過塵蟎的蹤影；甚至在人類的痰液裡，也可找到塵蟎。有一項研究找來二十八位氣喘患者接受測試，結果十七位的痰液裡都發現有塵蟎。

輯 9 飲食中的隱形殺手

殺人爆米花

有人說，美國人一年吃掉的一百六十億公升爆玉米花會引起癌症，是真的嗎？有這個可能嗎？

根據來自美國維吉尼亞州春田市的研究員布朗岱爾的說法，玉米表皮的尖銳部分在通過腸道時，可能在大腸組織上造成小刮傷，而使得癌細胞容易進駐。他說，現有的一些研究給人一種假象，以爲大腸癌的主要成因已然確定，也就是飲食中多肉脂、酒精、膽酸以及缺少纖維素等，但少有人想到，這些因素可能只是其他更重要風險因子的傀儡罷了。舉例來說，多吃纖維質的好處，可能不是來自纖維本身，而是其中所含的硒及鎂元素。

爆玉米花也是如此：「雖然與殺蟲劑及多氯聯苯相比，玉米花看起來似乎不大可能造成癌症，但我們得承認，這個飲食當中可能的風險因子，一向都遭到忽視。目前查得到的文獻裡，沒有任何人研究過爆玉米花與癌症之間的關聯。」

不過，布朗岱爾倒是找到了一篇針對華北地區食道癌病人所做的報告，這些病人喉部黏液中麥糠碎屑的含量，比健康的對照組要高上十倍。這篇報告的作者認爲，這些碎屑可能讓惡性腫瘤細胞有了落足點，從而刺激了癌症的散播，一如石綿對肺部所造成的影響。

撰寫這篇報告的中國研究團隊還指出，麥糠碎屑的尖銳邊緣在通過食道時，可能造成食道輕微的割裂與傷疤，這也可能刺激癌細胞的散布，因爲癌細胞將更容易在組織上落腳。

布朗岱爾的結論是：「爆玉米花顆粒的尖銳碎片，可能造成組織割裂及傷疤，導致與大腸直腸癌有關的纖維組織生成。」

爆玉米花的尖銳表皮碎片有可能刮傷大腸組織

肉毒桿菌毒素可以瘦身

肉毒桿菌毒素這個讓細菌也成爲名流的毒素，最爲人熟知的作用是撫平人臉上以及頸部的皺紋、治療多汗以及矯正斜視。雖說有越來越多的醫生用它來治療其他病症，好比多發性硬化症、腦性麻痺、脊髓與腦部傷害，還有用在中風後的病人身上，但登上新聞頭條的，還是肉毒桿菌毒素的美容效果，以及名流的爭相使用。

即便如此，肉毒桿菌毒素是否已準備好接受終極的美容挑戰？也就是說，注射肉毒桿菌毒素眞能讓人體重減輕嗎？一個療程四十次的注射，就能消去你那充滿肥油的肚子嗎？

顧名思義，肉毒桿菌毒素是由肉毒桿菌這種細菌產生的毒素，它能阻斷神經細胞分泌乙醯膽鹼，而造成肌肉虛弱。乙醯膽鹼是能夠引起肌肉收縮的化合物，那也就是肉毒桿菌毒素可以消除皺紋、減少面部肌肉抽搐的作用機制。

至於肉毒桿菌毒素可以用來對付過重及肥胖問題的理論，確實有實驗證據的支持；實驗證明阻斷或切斷身體某部分的神經，可造成那個部位的脂肪消失。在老鼠身上所做的實驗顯示，當實驗人員切斷老鼠的迷走神經（身體最長的神經之一），就產生了局部脂肪流失的作用。

新加坡國立大學的研究人員提出，注射肉毒桿菌毒素的作用也很類似，也就是阻斷神經，他們稱之為「化學性去神經作用」，這樣可以使注射位置附近的脂肪消失。研究人員說：「我們推測，將肉毒桿菌毒素注入脂肪組織，可經由化學性去神經作用造成組織萎縮。如此，我們就可以把肉毒桿菌毒素注射到身體脂肪堆積之處，好比臀部、大腿或腹部。」

這個理論是說，我們可以把腹部分成四十方格的注射區，每一方格接受一針注射以去除神經，藉此消去脂肪。這種注射使用的劑量較高，藥物散開後會涵蓋整個方格。等四十格都注射完畢，整個腹部區域的脂肪也就會均勻地消失。

這種以肉毒桿菌毒素來塑身的做法如果奏效，還是會有一些缺點，更不要說注射四十針本身就已經是一種傷害。首先，肉毒桿菌毒素的作用會逐漸消逝，因此可能需要追加注射。根據新加坡研究人員的說法，這種塑身法能持續三個月到兩年不等。

第二個缺點是，這種做法可能只對付得了皮下脂肪，對更深層的內臟脂肪則沒有影響。雖說去除皮下表層脂肪大概能讓人看起來苗條些，體重也會減輕，但對健康的作用不大，因為內臟脂肪才是增加心臟病、中風、糖尿病以及高血壓罹患率的風險因子。內臟脂肪經肝臟處理後，會轉變成膽固醇，而不好的膽固醇會讓動脈變窄。

研究人員的結論是：「我們提議的做法如果可行，將能在不引起生病甚至死亡的情況下達到塑身美容的效果。不過，還得提醒接受治療者同時採行飲食及運動的療法，才能將內臟脂肪一併消滅。」

晚上大便有助減肥

肥胖已是全球性的健康問題。據世界衛生組織估計，全球有超過十億位成年人體重過重，當中到達肥胖標準的至少也有三億人。在英國，五位成年人當中就有一位是胖子，每年因肥胖或肥胖相關疾病而死的人數超過了三萬人。

有可能解決肥胖問題的方法，從改變飲食、生活習慣以及行為，到以藥物抑制食慾及動手術縮小腰圍不等。只不過節食對許多人無效，生活習慣的改變亦然，其他做法則可能花費不貲，利用手術減肥又有麻醉以及開刀的風險。

因此，研究人員不斷想要找出更有效、同時又簡單經濟的新減肥方法。荷蘭萊頓大學醫學中心的研究人員就想到了一種新穎、自然且便宜的做法，那就是在夜裡上大號。

這個做法的基本原理是：把上大號的時間從早晨延遲到晚上，代表身體必須多帶著一些重量一整天，這就可以多消耗一些熱量，減少一些脂肪堆積。研究人員還說，大腸有東西充滿的感覺會降低食慾，因此還有降低熱量攝取的作用；雖然最後在夜裡淨空腸道時，有可能帶來飢餓感，但那個時候我們已經太疲倦想睡覺了，因此不會吃太多東西。

他們的結論是：「養成就寢前上大號的習慣，長期下來終將使體重減輕，讓人有較輕的平均體重。在睡前上大號，代表白天不管進行什麼活動，身上都會多出幾十公克的重量；一如隨身攜帶個背包會多消耗點體力，身上多帶了些糞便，也會讓身體多消耗些能量，使體重減輕。如果這種做法證實有效，那麼在對抗肥胖及其有害後遺症的大作戰之中，這將會是個不花錢的新招。」

不過，在另一篇報告中，希臘塞薩羅尼基市亞里斯多德大學的醫生質疑這個說法，指出研究顯示有七十七%的人在早晨上大號。他們警告說，想要忍住便意，等到晚上才上大號，到時可能會有困難；這種做法可能攪亂身體的時鐘，導致便祕，而便祕已知是大腸癌的風險因子。

這些醫生說：「出現想要上大號的慾望時，就應該順應自然，強調這點是很重要的，因爲不這麼做的話將導致便祕。想要遵照這個減肥建議的人，白天裡必須時時對抗越來越強的便意，這種限制無疑將對生活品質以及工作效率產生負面影響；因爲注意力都集中在忍住便意，而不是放在工作上。我們給減肥者的建議，是遵守簡單的做法，好比採用營養及熱量均衡的地中海式飲食，以及多多運動。」

隔天節食讓你苗條又長壽

一種不僅能減輕體重，同時還能對付疾病、防止感染，甚至延年益壽的減肥方法，將不再只是個夢。有一個由醫生與科學家組成的團隊，三年來採行了這種飲食法，他們說這種飲食法可以改善各式各樣的病症，從氣喘到心臟病不等。首度臨床試驗結果也顯示，與疾病有關的發炎反應，因爲這種飲食法而出現顯著的下降。

史丹福大學及紐奧良大學的這群醫生及科學家，共同撰寫了這種飲食法的研究報告。報告作者之一、整形醫師詹姆斯・強森說：「在採行這種飲食法後短短兩週，我們就觀察到好些病症獲得了改善，好比胰島素抗性、氣喘、季節性過敏、風濕性關節炎、骨性關節炎、傳染性疾病、牙周病以及心律不整等。」

強森自己採行這種飲食，在十一週內減去了將近十六公斤。他把這種飲食法稱爲「飽日飢日飲食法」，因爲它的做法就是一天正常飲食，下一天限制熱量攝取在日常所需的二到五成。

這篇報告宣稱，對於想要減輕體重的人而言，這種飲食法有一個心理上的優點，就是不必永久性地限制飲食。而且，當你曉得自己在節食一天後，次日就可以正常飲食，而無需長期限制飲食，這樣節食也會更容易辦到。不單如此，研究人員說每隔一日限制熱量攝取的飲食法，就算體重沒有減輕，對健康還是有好處。目前爲止，他們已有五百個人的成功數據。

這篇報告指出：「三年來，我們試驗這種交錯式的飲食法，一日進食每日估計需求量的二到五成，次日則隨性而食。這種交錯式限制熱量攝取的方式，就算體重沒有減輕，也有促進健康的作用。」報告還提到：「根據在動物身上所做的各種限制熱量攝取的研究，幾乎所有疾病都因而延緩、避免或改善了，所以我們提出假說，不論體重有無減輕，這種飲食方式都能夠延緩、預防或改善各式各樣的人類病症；除了上述所提到的病症之外，還包括多發性硬化、阿茲海默氏症、帕金森氏症、動脈硬化以及鬱血性心衰竭等。」

至於這種飲食法是如何作用的，目前還不清楚。理論之一是說，限制食物的攝取量會開啓某個基因，引起身體加速對脂肪的處理。這種反應不只會讓體重下降，同時還能減少氧化作用對身體的傷害；氧化作用跟許多疾病都有關聯。

影。

廚房裡的古柯鹼：食鹽

這種白色細緻的粉末可能讓人上癮、甚至送命，可是幾乎全世界的廚房及餐桌上都有它的蹤影。

儘管食鹽與高血壓的關連一再得到證實，而高血壓又會增加中風、心臟病、心衰竭以及腎臟病等風險，大多數現代人仍然吃太多鹽。

土耳其爾捷斯大學醫學院的亞欽．泰可認爲，食鹽符合了成癮藥物的所有條件。他自己用餐時不加鹽已經有二十年以上了。他說食鹽會讓人上癮，因爲愛用者很難戒掉不用，如果試著減少用量，還會出現戒斷症狀；再來，食鹽有礙健康。

泰可說：「要對付這個暗中爲害健康的殺手，重要的是先認清食鹽具有讓人上癮的特性。食鹽是造成高血壓以及促成其他重大健康問題的頭號殺手，每年全球因攝取食鹽而死的人不計其數。接受食鹽具有成癮的特性，我們才能夠對抗這些健康問題。」

泰可還談及自己經驗過的戒斷症狀。他剛開始無鹽生活時，三餐都食之無味，還出現厭食及嘔吐症狀，直到身體完全適應無鹽的新飲食時，症狀才消失。另一個顯示食鹽是成癮藥物的證據，是高血壓病人就算已經受到警告，再繼續吃鹽將會有嚴重後果，他們仍然難以減少食鹽的用量。反之，愛用者還會逐漸增加用量，這又是一個與藥物成癮有關的徵兆。泰可說：「高血壓病人即便接受了密集輔導，仍很難限制他們的食鹽用量，這看來是食鹽可讓人上癮最重要的證據。」

該吃多少鹽？

食鹽就是氯化鈉，人體攝入過多的鈉元素，會造成水在細胞外液（包括血液）堆積，而引起血壓升高的反應。根據《美國飲食準則》的建議，成年人一天的食鹽攝取量不應超過一茶匙（5.8 公克），鈉攝取量不應超過 2.3 公克。根據美國醫學會的調查，美國人平均每天吃進體內的食鹽，有 75 ％來自食品加工過程中的添加，只有 10 ％是自己在餐桌上加入的。東方飲食沒有在餐桌上灑鹽調味的習慣，但中式菜餚在烹調時卻可能加入很多鹽，尤其外食族攝入的鹽會更多。泡麵、洋芋片、餅乾等加工食品，含鹽量一般都很高。

爲什麼美國人的頭越來越小（法國人的卻越來越大）

美國人的頭越來越小，這是眞的嗎？研究顯示，那可是無庸置疑的事。在美國售出的帽子尺寸已經大幅下降，如今頭比較大的老一輩很難買到適合自己的帽子。還有，前往巴黎的人如果有興趣把法國年輕人的頭拿來與同齡美國遊客的比較一番，結果將會出乎他們意料之外，因爲法國人的腦袋顯然大多了；不僅如此，他們還會發現，美國年輕男女的頭也變長變窄了。

根據這篇研究報告，上述這些現象，以及其他種種美國年輕人頭部縮小及形狀改變的事實，都可以由飲食來解釋；說得更確切些，可以由肉類產製過程中使用的荷爾蒙來解釋。

家畜及家禽業使用多種天然以及合成的性荷爾蒙，已有超過半世紀之久。有研究顯示，這些荷爾蒙可能與疾病及生理上的改變有關，好比癌症、先天畸形、不孕以及卵巢囊腫等。這篇報告指出，來自經化學藥劑處理的家禽家畜的肉品，含有殘存的荷爾蒙，已經使得英國女孩的性成熟提前了至少三年。此外，波多黎各也有雌激素汙染肉品引起多重性早熟的案例。

至於飲食中的荷爾蒙究竟怎樣使頭變小，目前還不清楚。不過有一個理論是說，這些荷爾蒙會選擇性地促進生長過程，也就是說，從飲食中累積的荷爾蒙加速了長骨的生長，使身高以及四肢長得比其他骨頭快；但這些荷爾蒙也可能使其他骨頭的生長停頓。

報告中說：「由荷爾蒙所造成的生長加速，對長骨的影響要比其他組織來得大，同時對於扁平骨的早期發育有抑制作用。正因如此，與身體相比，頭骨就顯得小了。但身體與頭部相對比例的改變，還可能包括頭骨實際上也變小了。」

「不只是頭部的大小，連頭形也可能因爲攝取了經荷爾蒙處理動物的肉品及乳製品，而有所改變。因此，年輕一代美國人受到荷爾蒙食品的影響，使得他們頭部變小、頭形改變的說法，的確有此可能。」

這項研究觀察到相當多美國人頭部變小的證據，譬如在美國的猶太教會裡，年長一輩教友的頭部要比家中年輕一輩的大；然而成長過程中沒有接觸荷爾蒙食品的蘇俄猶太人，年輕人與年長者兩代之間的頭部大小，就看不出有什麼差異。在美國成長的蘇俄猶太移民小孩，與留在蘇俄同年齡層的猶太人相比，頭部看起來就比較小號。類似的趨勢也可在以色列見到：土生土長的以色列人以及年輕的美國移民與觀光客，頭部都要比來自蘇聯、法國或南美的年輕移民來得小。

這篇報告指出，法國人的腦袋之所以比較大，是過去二十五年來法國和美國飲食的差異，以及法國限制食品工業使用荷爾蒙所致。

吃豬肉引起多發性硬化症

多發性硬化症的盛行率有很大的地域性差異，多年來一直讓研究人員困惑不已。大多數研究顯示，越靠近北極與南極的地區，發病率越高，靠近赤道的地區則相對較低。以美國爲例，北達科他州的發病率幾乎是弗羅里達州的一倍；同時英國的發病率也高於西班牙。

各式各樣的環境因子，從飲食到陽光及維生素D，都有人認爲可能是造成差異的原因而加以研究，但多發性硬化症的病因至今仍讓人難以捉摸。不過加拿大渥太華大學以及渥太華綜合醫院的研究，指向了新的罪魁禍首：豬肉。

這兩個機構的研究人員在尋找病因時想到，如果多發性硬化症的病因與某個飲食因子有關，那麼這種病症的地理分布，必定與這個飲食因子的地理分布有相似之處。研究人員檢視了好幾個國家的脂肪、牛肉以及豬肉攝取量，與多發性硬化症盛行率之間的關聯（英國約有八萬五千名多發性硬化症患者）；同時，他們也檢視了牛肉、豬肉攝取量與緯度之間的關係。

結果顯示，脂肪攝取總量與多發性硬化症盛行率之間，在地理上有很清楚的關聯。多發性硬化症發病率與吃豬肉之間，關聯極爲顯著（牛肉則沒有）；豬肉的攝食與緯度之間，也強烈相關（牛肉則否）。研究人員指出，這樣的結果與因宗教理由禁食豬肉的國家罕見多發性硬化症，以及牛肉攝食量遠高於豬肉的國家（如巴西與澳洲），多發性硬化症盛行率偏低，都若合符節。

至於吃豬肉如何增加多發性硬化症的發病風險，目前仍不清楚。有一種理論是說，攝食過多飽和脂肪是問題所在，但那並不能解釋為什麼只有豬肉有影響、牛肉卻沒有。另一個說法是，比起牛肉，豬肉含有更多亞麻油酸；但這麼說豬肉更不可能增加發病風險，因為有研究指出，亞麻油酸可以減輕多發性硬化症的病情以及縮短發病的時間。

另一個可能性是，豬肉與牛肉的脂肪酸是不同的，因此對於包圍在大腦神經纖維外圍的保護鞘，也有不同的作用；這層保護在多發性硬化症病人的腦中，是受到破壞的。有一種說法是，豬肉的脂肪酸讓神經髓鞘變得較容易受損，而牛肉的脂肪酸就不會。

研究人員說：「豬肉和多發性硬化症盛行率之間的關聯，大得讓人不能不正視，如果能夠證實的話，就意味著罹患多發性硬化症的風險與攝食豬肉有關。」他們的結論是：「我們的研究顯示，豬肉攝食量與多發性硬化症的盛行率、與緯度之間強烈相關，這種關聯已足以讓人提出猜測：豬肉會增加罹患多發性硬化症的風險。應該要有更進一步的研究，來探討豬肉與多發性硬化症之間的關係。」

注：關於多發性硬化症，參見238頁

瘋麵粉症

二十世紀中葉，英國生產的麵粉有一半以上都使用了一種漂白法，好讓麵粉變得盡可能的白。這種稱爲氯化氮的麵粉漂白法，能讓做出來的麵包發得更好、賣相更佳，還可節省麵粉用量，因此美國、加拿大及許多國家都廣泛使用。不過，根據加拿大卑詩大學的研究，以此法製成的麵粉當中含有某種化合物，可能是好些神經病變病例上升的原因，其中包括了阿茲海默氏症、帕金森氏症以及運動神經疾病（又名「肌萎縮性偏側硬化症」）等。

這種化合物稱作甲硫胺酸磺醯亞胺（MSO），是以三氯化氮蒸氣漂白麵粉過程中的副產品。三氯化氮蒸氣與小麥粉接觸時，會將其中色素漂白，使小麥粉變白。這種做法的專利最早在一九二一年於美國取得，但一般相信在二十世紀更早期就已經有人使用了。

研究人員指出，在那段時間裡，特別是二次世界大戰期間，英國有八十%的麵粉都是以這種方法製成的。一直要到一九五〇年代，有更好的漂白法出現後，氯化氮漂白法才退了流行。

根據這些研究人員的說法，MSO 最早引起注意，是不斷有報告指出，餵食大量以氯化氮漂白的麵粉的狗，出現「奔馳性痙攣」，又稱「犬驚症」，這是一種具有癲癇發作特性的神經性失常。

研究人員認爲，MSO 之所以會引起神經病變的發作與惡化，是由於對抗氧化劑的作用；抗氧化劑是身體對抗氧化壓力的保護性物質。有越來越多的證據顯示，在一些人類神經病變中出現的腦細胞死亡，氧化壓力是最主要的原因。

MSO可阻斷人體兩個重要分子的生成：麩胺基硫（glutathione）與麩醯胺（glutamine）。麩胺基硫是重要的抗氧化劑，一旦產量下降，身體的抗氧化防禦效應就會降低，導致氧化壓力增加。至於麩醯胺不足時，則可能造成體內氨的含量上升；研究顯示氨含量升高與阿茲海默氏症之間有所關聯。

研究人員指出，神經系統的細胞對麩胺基硫或麩醯胺的減量特別敏感，而這兩種化合物對於神經系統細胞的健康與存活，又都屬不可或缺。如果長期接觸漂白麵粉裡的MSO，造成體內這兩種化合物同時下降，對於神經細胞的健康與存活，將可能有災難性的影響。

不是每個吃了這種漂白麵粉的人都會發病，因此研究人員認爲，可能還有別的共同因子，好比先天遺傳、年齡以及體內麩胺基硫的原本含量等。

研究人員的結論是：「MSO的歷史讓人既好奇又難過。我們提出的假說是：人類神經退化疾病的增多，有可能是飲食當中多了MSO這種漂白麵粉的副產品所致。長時間攝入的話，MSO引起神經傷害的可能性會相當大，因此值得我們進一步研究。」

牛奶可致癌

二次世界大戰結束後，日本人的生活型態出現了巨幅的改變。日本結束了對西方的敵意後，代之而起的是一種新的和平入侵：西方文化、流行與時尚，挑戰甚至取代了舊有的傳統。

最大的改變之一是飲食，原本不屬於傳統日本飲食的肉類以及乳製品，戰後消耗量開始大幅增加。根據日本山梨醫科大學研究人員的報告，牛奶的攝取量就增加了不只二十倍，肉類的消耗量增加了九倍，雞蛋則是七倍。

日本的牛奶消耗量，在過去半個多世紀以來，還持續驚人地上升：一九五〇年，平均每個日本人每天喝六・八公克的牛奶；到了一九九八年，則上升至每天一百三十五公克。在同一段時間內，有兩種疾病的盛行率也出現顯著升高，那就是睪丸癌與攝護腺癌，而且幅度與乳製品攝食量的增幅相近：在不到五十年間，攝護腺癌的死亡率增加了二十五倍。攝護腺癌的死亡率在許多西方國家也有上升，但比日本的升幅小得多，這些國家的乳製品消耗量在這段期間也只有小幅上升。這兩種癌症在西方國家的發病率都遠高過亞洲國家。

這其中是否有所關聯呢？有沒有可能說，乳製品促使了這兩種癌症的發生？

日本山梨醫科大學的研究團隊檢視了四十二個國家睪丸癌與攝護腺癌的發病率與死亡率，並與飲食的差異做一比較，希望找出這兩種癌症與攝食乳製品之間的關聯。結果發現，乳酪（起司）與二十至三十九歲男性的睪丸癌發病率之間關係最密切，牛奶則與攝護腺癌的關連最大。

另一個線索來自丹麥的研究發現：在二次世界大戰中出生的男性，睪丸癌的發病率較低；戰爭期間許多食物的供應都不足，包括乳製品在內。

日本的研究團隊還進行了另一項研究：他們將日本過去五十年來的癌症統計資料，與國民攝取的食物做一比較，包括牛奶與乳製品、蛋、肉、魚與海產、穀類、固態脂肪、食用油以及豆類等。一九四七年，日本睪丸癌的死亡率是每一百萬人當中有〇．九八人，接下來急遽增至一九七五年左右的最高數值，也就是三．四九，然後又逐漸下降，到一九九五年的一．六一。研究人員說，數值的下降可能是由於癌症療法在一九七〇年代有所改進使然。至於攝護腺癌的死亡率，則從一九四七年的每十萬人當中有〇．二四人，增加至一九九五年的五．九四人。

究竟乳製品當中有什麼成分與癌症有關，目前還不清楚。不過研究人員指出，除了脂肪外，牛奶裡還有大量的女性荷爾蒙雌激素，現代乳製品裡的雌激素含量一般都很高，因為產奶的母牛幾乎一直都處於懷孕狀態。

荷爾蒙在攝護腺癌、睪丸癌以及乳癌這三種癌症的發生過程中，都可能扮演一角。研究人員引用了英國東安格里亞的一項研究結果，這項研究顯示睪丸癌患者在青春期間飲用的牛奶，要比非患者多得多。研究人員的結論是：「過去五十年來，西方國家睪丸癌發病率的增加，可能與牛奶及乳製品的攝食量增加有關，這應該是合理的推測。二次世界大戰後，日本增加了肉、蛋、牛奶及乳製品的攝食，可能是同段時間內攝護腺癌死亡率大幅增加的原因之一。牛奶及乳製品可能與這些疾病的發生有很大關係，因爲除了飽和脂肪外，這兩種食品還含有大量的雌激素。」

狂牛症是老鼠傳給人類的

老鼠不是人類的好朋友，牠們最爲人所知的角色，是中世紀鼠疫（又稱黑死病）的傳播者；不過，與齧齒類動物及其排泄物有關的疾病，其實還有超過三十種，從鼠咬熱到嗜伊紅白血球腦膜炎不等。

但有沒有可能說，狂牛病的散播也是鼠類造成的？狂牛症的人類版本——庫賈氏症的變種，有沒有可能是由老鼠的排泄物傳播的？

俗稱狂牛症的「牛海綿狀腦病」，是一種逐漸惡化的退化性致命疾病，會影響牛的中樞神經系統，目前無藥可醫。其病因仍然未完全明瞭，但主要的理論是說，它是由一種稱爲「普利子」的傳染性蛋白所引起，這種蛋白可在患病動物的腦與脊髓中發現。牛海綿狀腦病的病源，與動物飼料中混了感染羊搔癢症的動物成分有關；而羊搔癢症是另一種發生在羊身上的普利子疾病。

至於發生在人身上的庫賈氏症變種，也有普利子參與其中，傳統的看法是：人因爲食入患有狂牛症的牛肉而受感染。

菲律賓大學的研究人員在題爲〈人類因吃牛肉罹患「狂牛症」，還是另有原因？〉的報告中指出，如今已有好幾種不同的普利子疾病（或稱「傳染性海綿狀腦病」）感染了不同的動物。這些研

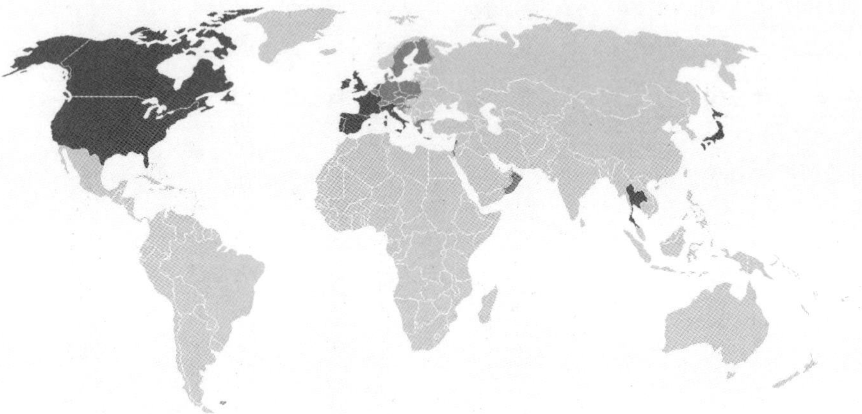

■ 有人類感染狂牛症（庫賈氏症）的地區
■ 有牛隻感染狂牛症的地區

究人員在比較了侵犯人類以及侵犯動物的普利子蛋白後，認爲庫賈氏症變種除了經由食入受感染牛肉這個廣爲接受的管道傳染外，還可能有其他的管道。

「不論大鼠還是小鼠，都容易染上普利子疾病，因此我們提出假說：不小心食入染上傳染性海綿狀腦病的老鼠身體部分，包括排泄物，有可能是把羊搔癢症或牛海綿狀腦病傳染給人類的途徑。將動物屍體轉製成動物（包括寵物）飼料的做法，無疑增加了齧齒類動物接觸羊搔癢症、牛海綿狀腦病以及其他傳染性海綿狀腦病的機會；更沒想到的是，人類從齧齒類動物身上感染傳染性海綿狀腦病的機會，也可能增加了。」

輯 10 電視、高跟鞋及其他疾病成因

是什麼藥讓憂鬱的小孩變多了

不知什麼原因，過去三十年來，出現重度抑鬱或雙極性情緒障礙的小孩越來越多，而且不只是人數增加，連發病年紀也越來越小。根據美國最新的統計數據，這類毛病的平均發病年齡，要比以往提早了四歲半。研究也發現，如今年齡在四十五歲以上的患者，很少有在二十歲以前就出現症狀的，但在二十五至四十五歲年齡層的病人當中，有一半以上都在很年輕的時候就發病了；更讓人吃驚的是，幾乎所有現年二十五歲的患者，都在二十歲以前就發過病。

雙極性情緒障礙又名躁鬱症，是造成患者情緒、精力以及做事能力出現大幅波動的腦部疾病，症狀十分嚴重，能導致人際關係破裂、工作及課業表現不佳，甚至還可能出現自殺行爲。因此，找出這種毛病增多的原因，是一件重要的事。

目前已有好些人提出這種現象的可能原因，包括越來越多人曉得有這類毛病的存在，以及診斷技術的改進等，但沒有一種說法能提出完整的解釋。

這種精神疾病有相當強烈的遺傳因素，但按常理想，患有重度抑鬱的人較不可能結婚生子，久而久之，病例應該逐漸減少而非增加才對。

究竟是什麼因素造成了這種不降反升的趨勢，目前還不清楚；不過美國路易斯維爾大學的研究人員認爲，病例增多可能與鋰的使用有關。鋰是美國食品暨藥物管理局最早批准上市、用來治療躁鬱症的情緒鎮定劑。研究人員指出，躁鬱症病例增多的現象，是在鋰用作鎮定劑之後一個世代出現的。

目前鋰仍然是處方用藥物，對於控制躁鬱症狀十分有效。這些研究人員提出的理論是，醫學界自一九七〇年代開始廣泛使用鋰之後，躁鬱症患者的健康情況獲得改善，生活方式也有了大幅變化；換句話說，許多病人獲得改善的程度，甚至讓他們較有可能結婚生子。此外，病人也比以往更常參與社區活動，與人交往的機會因此變得更多。生殖能力與機會的提高，使得躁鬱症患者生出更多的小孩，這些小孩也更有可能遺傳了這類精神疾病的基因，而造成目前的病例越來越多。

躁鬱症是一種遺傳疾病，而且下一代的症狀會比上一代嚴重。因此第一代接受鋰治療的患者所生下的小孩，會更早發病且病情更重是意料中事；我們目前見到的也正是這種情況。

這篇研究報告寫道：「鋰獲批准上市至今，已經過了三十五年，接受鋰治療的第一代病人如果有孫子，大概也已到了前青春期的年齡，他們很有可能比他們的父母輩更早出現這種毛病。這種藥理以及社交的改變，可能讓躁鬱症病患成功繁衍的機會提高，而生出新一代更早發病、症狀也更嚴重的躁鬱症病人來。」

多發性硬化症與家貓

雖說英國有超過八萬五千名多發性硬化症患者，美國的數字更比這高出五倍，但多發性硬化症仍然像個謎一般，至今找不到成因與根治之道。

多發性硬化症是年輕人當中最常見的中樞神經系統病變，目前醫學界相信是一種自體免疫疾病，也就是免疫系統對體內自身的組織產生反應而發動攻擊。多發性硬化症患者的免疫系統，主要是攻擊中樞神經系統當中包圍及保護神經纖維的髓鞘，打斷了傳入及傳出大腦的訊息。

多發性硬化症可能具有遺傳因素，也可能需要環境當中的激發因子。這種病症在離開赤道越遠的地區發病率越高，因此有人猜測可能與陽光及維生素D有關。此外，病毒、細菌以及其他微生物都有人懷疑，其中十幾種因素都有人做過調查研究，如麻疹、皰疹以及披衣菌肺炎等，但都沒有肯定答案。

不論提出什麼樣的可疑發病因素，都必須符合多發性硬化症一連串令人難以理解的已知現象，像發病率隨著與赤道的距離而變化，以及歐洲人後裔、女性和都市居民有較高的發病率等。

根據澳洲梅鐸大學獸醫學院的研究，家貓是一個可能的答案。家貓不僅能解釋盛行率差異的問題，同時貓身上還有一種病毒，可能是傳染多發性硬化症的媒介。這篇研究報告指出，比起以往提出的任何可疑因素來，家貓更能合理解釋多發性硬化症的流行病學。研究人員的理論是，多達七%的家貓都有類似多發性硬化症的毛病，而且可把這種毛病傳給十五歲以下的小孩，使疾病潛伏在小孩體內，適機發作；譬如日後身體或情緒上遭到壓力時，就爆發出來。

根據研究人員所言，這個家貓理論通過了所有的檢驗。多發性硬化症基本上可以說是歐洲人的毛病，歐洲人也是最有可能把貓養在家裡的族群。住在靠近赤道地區的人則較少養貓，也較沒有撫弄寵物的習慣，因此降低了病毒傳染的機會，這點也符合發病率的緯度差異。至於女性發病風險較高，是因爲她們比男性更常摟抱寵物貓。還有發病率的城鄉差異，也可出鄉下地方多把貓養在室外而得出解釋。

這項研究也指出，體內帶有引起多發性硬化症病毒的人，遠比實際發病的人來得多，因爲這種病毒需要有激發因子的活化。這個因子可能是先天遺傳，也可能來自壓力；値得注意的是，大多數多發性硬化症患者是在三十歲左右開始出現臨床症狀，那也是工作、家庭以及金錢等方面出現最大壓力的時候。

「貓的中樞神經組織裡一直有副黏液病毒的存在，這種副黏液病毒有可能傳染給人類，導致人類患上多發性硬化症；這個假說可以解釋這種人類疾病的各種流行病學面向。不斷有人提到，歐洲裔人士的生活方式當中有某種與其他族群不同的地方，可能是多發性硬化症的成因；對於小兒痲痺症而言，問題出在衛生，至於多發性硬化症，問題可能在家貓身上。」

肥皂引發心臟病

全世界有無數的人因爲相信飲食不良、高膽固醇、抽菸以及缺乏運動會造成血管阻塞，而改變了他們的生活型態。其中尤以飲食中壞膽固醇過多、抗氧化劑太少，最常被人認爲會造成動脈硬化，而導致心臟病及中風。

但有沒有可能說，另有一個造成這些疾病的禍首，至今仍逍遙法外、還未被人注意到？在全球心臟病病例上升的同時，肥皂的使用率也同步增加了，這是否就只是巧合？有沒有這個可能，我們每洗一次手，心臟病的風險就跟著增加了？

根據美國巴頓魯治市研究員羅伯特・肯恩的說法，肥皂不只與心臟病有關，還有其他一些毛病，像毒藤引起的皮膚病等，也可能是肥皂在作祟；肯恩還引用了一些停止使用肥皂而恢復健康的個案。他指出，醫學文獻裡充斥著疾病與攝取脂肪以及膽固醇之間的關聯，但把問題全歸咎於脂肪與膽固醇的說法，卻有許多未能輕易解釋的矛盾；例如，爲什麼愛斯基摩人以及沙漠游牧民族的飲食主要由脂肪及膽固醇組成，但卻少得心臟病？肯恩說，任何可疑的致病原因都應該要能夠解釋這樣的例外情形。於是，肥皂就上場了。

肯恩指出，肥皂是人類生活習慣裡相當晚近的發明，大規模的肥皂產製在十九世紀中葉才開始。百餘年來，肥皂使用量的增加相當驚人。在心臟病還不流行的年代，肥皂屬於奢侈品，一個月才可能用上一回；到如今，許多人一天就用上好幾回。

肯恩認爲，這樣長期使用下來，皮膚的天然保護程序受到干擾，特別是皮脂腺的皮脂分泌以及汗腺的出汗。他的論點是，這些天然分泌物會給皮膚及毛髮塗上一層保護性的無機與有機分子；在執行保護皮膚的工作時，各種腺體會不斷供應皮膚新的膽固醇、膽固醇酯、脂肪酸以及三酸甘油酯保護層。我們每用一次肥皂洗滌，皮膚腺體就再分泌新的膽固醇覆蓋皮膚，因此洗得越勤快，積存在皮膚上的膽固醇就越多。這個理論的第二部分就是說，這些大量積存的膽固醇會進入血液，形成動脈斑，最終破壞動脈壁及限制血流。「因此我們要提出：經常使用肥皂會形成動脈硬化的斑塊。」

用水清洗身子就不會有這個問題。肯恩說，我們很快就能夠習慣不用肥皂的日子，只要三到四天，就不再覺得皮膚油膩膩、髒兮兮：「不用多久，身體就會有一種說不出的活力、強壯與健康的感覺了。」

自閉症與都市生活

超過半世紀以來，自閉症的成因困擾了世界各地的研究人員，舉凡基因、未知的病毒、童年時疫苗接種、免疫系統功能下降、母親患有抑鬱症、環境中的毒素與汙染物，還有飲食等因素，都有人提出過。

找出自閉症的成因，不見得就能找到治癒之道，但至少會有較大機會出現更好的療法。雖然針對自閉症成因的研究不斷，但罹患自閉症的孩童人數卻直線上揚，自一九八〇年代初迄今，發病率已經增加了十倍。診斷方法的進步，是可以解釋部分增加的數字，卻未能說明這麼多的病例從何而來。

基因曾經是自閉症的頭號嫌疑犯，但至今也沒有發現任何一個基因在作怪；如今已有研究人員質疑，基因可能根本沒有任何影響。他們的論點是：如果眞的是基因造成了自閉症，那麼以自閉症患者缺少演化優勢的角度而言，該基因以及病症怎麼沒有消失？自閉症患者結婚生子的可能性不高，所以隨著時間過去，自閉症病例應該逐漸下降，而非上升才是。

來自美國德州的研究員弗瑞德．普雷維克指出：「在所有神經發育的病變中，自閉症一向被視爲受遺傳基因影響最大的疾病之一。可是自閉症患者很少結婚生子、將自身基因傳給後代，照理說，自閉症的病例數字應該維持不變甚至下降才對，但過去二十五年來，所有工業化國家的自閉症患者都顯著增加了，這是個弔詭的現象。」他認爲，出生之前的因素可能才是引起自閉症的關鍵，這樣就能解釋一些之前歸諸於遺傳基因的研究結果。譬如雙胞胎更容易同時出現自閉症的現象，可能是由母親懷孕時所發生的事造成，而不是由於基因的緣故。

普雷維克提出了一個可能的因子：多巴胺，那是腦中與控制活動、情緒反應以及經驗快感及疼痛能力有關的物質。他說，自閉症患者的社交與溝通能力出現嚴重缺失與遲緩，包括缺乏與人相處的能力、難以判斷他人的表情與意圖，以及不斷重複某種行爲動作等；而所有這些，都可以歸諸於過量的多巴胺生成。他引用了動物實驗的結果：當動物腦中的多巴胺含量上升時，會減少與同伴的嬉戲，孤立以及重複性行爲則會增加。多巴胺刺激過頭，也會導致動物對著無生命物發呆凝視，這是自閉症患者的另一個特徵。普雷維克還說有證據顯示，使用增強腦中多巴胺活性的藥物，會使自閉症的症狀惡化。

如果多巴胺確實與自閉症有關，那又是什麼造成了出生前多巴胺濃度的增加，而能夠在這麼短的時間內，讓自閉症病例大幅上升？

根據普雷維克的研究報告，好些人類社會的改變可能助長了腦中多巴胺濃度的上升，其中包括婦女懷孕的年紀增高、都市生活、婦女上班的比率增多，以及這些改變所造成的壓力，而壓力又與高濃度的多巴胺有關。報告中指出，都市地區的自閉症發病率一般較高，由於都市有空間擁擠、人口過多、睡眠不足、汙染以及塞車等問題，壓力值同樣也比較高；由更常見的人際關係破裂所造成的壓力，也可以計入。至於高齡產婦會有多巴胺活性增高的情形，可能是隨著年紀增加，雌激素的保護作用有所下降所致。

這篇報告的結論是：「自閉症的發病率上升，主要是母親懷孕時體內多巴胺含量增高所造成。社會越來越都市化所造成的壓力，以及做母親的背景出現種種的改變，好比投入職場比例、教育程度以及頭胎生產年齡的增加等，都可能是近年來自閉症患者人數增多的重要推手。」

高壓電線讓人得抑鬱症

抑鬱症是近年來快速增多的健康問題之一，發病率幾乎在每個國家都節節升高，而且原因未明。現代社會的壓力、家庭變小以及支援變少、可用的新藥增多以及診斷方法的進步等因素，都有人提出過，此外還有基因、荷爾蒙變化、季節性光照消長以及飲食等可能因素。

還有一個一直遭到忽視的可能原因，就是在我們頭頂上的電纜。電纜符合致病原因最起碼的一點，是它開始出現和普及的時間，與抑鬱症的增多及散布的時間同期。一如抑鬱症患者到處都有，電纜也幾乎無所不在。問題是，這兩者之間眞的有關聯嗎？

英國布里斯托大學的一位研究人員認爲，這兩者眞的有關。不僅如此，電纜每年可能讓英國多出九千名抑鬱症患者，以及六十個自殺案例。除此之外，電纜還可能與二至四百個肺癌病例、二至三千個其他病例，以及二到六個孩童白血症有關。

這項研究探討了英國高壓電線附近的電場與磁場所造成的影響，研究結果指出電頻磁場可能經由對褪黑素發生作用，而影響到抑鬱症；褪黑素是由腦中松果腺分泌的激素，在調節約日節律（亦即「生物時鐘」）上扮演重要的角色。有研究顯示，服用褪黑素補充劑對某些抑鬱症患者有幫助；還有研究顯示，磁場會影響松果腺的功能，使松果腺降低褪黑素的分泌。研究人員還指出，根據報導，發生地磁暴時，因抑鬱症入院的人數有所增加，這個理論也能解釋此一現象。

「總而言之，這些跡象支持電頻磁場跟抑鬱症與自殺之間的關聯。」至於與肺癌的關係，研究人員說，有證據顯示罹患肺癌的風險與空氣汙染及抽菸有關，而高壓電線與癌症有關的理論是說，空氣中帶電荷的煙塵粒子要比不帶電的粒子，更有可能沉積在肺裡，而引起癌症。空氣中的所有粒子，包括碳灰、細菌、病毒與花粉等，都可能受高壓電線影響而帶電；因此研究人員認爲，在高壓電線附近，急性呼吸道與急性心血管疾病，包括氣喘與過敏症狀加劇在內，發生頻率都有可能提高。據估計，單是英國一地，與空氣汙染有關的病症，可因靠近電纜而每年多出二至三千件。

研究報告的結論是：「接觸電纜附近的電場與磁場，有可能提高成人與小孩罹患好些疾病的風險，包括癌症與非癌症疾病在內。如果這個推論屬實，那麼英國每年會因鄰近高壓電線而多出幾千件病例，這顯然是嚴重的公共衛生問題。這種可能性值得科學家、衛生機構及管理單位的密切注意。」

高跟鞋是精神病的由來

最先在鞋底裝上後跟的鞋匠，可能有不少責任要擔：他們不僅開創了一種時尚，讓之後世世代代的女性因趕時髦而忍受穿高跟鞋之苦，同時他們還可能要爲日益增多的精神分裂病例負責。

鞋跟與精神分裂症之間，似乎風馬牛不相及，但研究員賈爾・弗連斯馬克卻認爲這個說法擁有相當充分的證據。他說：「我認爲穿有後跟的鞋與精神分裂症有關，至今我還沒有發現與此相左的證據。人類社會開始穿起有後跟的鞋子之後，最早的精神分裂症病例就出現了。」

他的理論是，在一千多年前出現的有跟鞋子，可能造成最早一批精神分裂病例，並導致精神病院的建立。根據弗連斯馬克的研究，隨著工業化製鞋業從北美往東傳至英國與德國，再遍及西歐各國，精神分裂症病例也大幅增加。雖然針對精神分裂症已經有過許多研究，但其確切成因仍然未知，只有一堆理論：有人認爲那完全是遺傳疾病，也有人說部分是遺傳，其他還有環境中不明因子、幼年期受到感染、出生季節、受孕或生產時的氣溫等，都有人提出。

至於鞋跟的理論，源自平底軟皮鞋退了流行，由加高後跟的硬皮鞋取而代之。雖說人類直立而行已將近一千萬年的歷史，但鞋子的出現則晚得多；最早的鞋子可能就只是一片作爲鞋底或是包腳的軟皮。根據這項研究，目前所知人類最古老的有跟鞋來自美索不達米亞，無巧不巧，那也正是精神病院最早出現的地區：公元七五〇年的巴格達及八七三年的開羅。

這項研究還找到了其他關聯或巧合：精神分裂症最早似乎在上層階級較爲流行，而上層階級應該也是最早趕流行、穿起時髦有後跟鞋子的人。在英國，有跟鞋從十七世紀初開始流行，之後就出現了精神病病例大幅增加的情形。

研究報告還提出另外一個證據：穿軟皮平底鞋的美洲原住民，精神分裂症病例相對來得低；住在多雨地區的人較常穿有後跟的鞋，發病率也比較高，像西愛爾蘭鄉下地方多雨，精神分裂症的發病率就要比較爲乾燥的都柏林高出七倍。

如果說這些關連都是眞的，而非巧合，那其中的作用機制又是什麼？穿上有後跟的鞋子是怎麼樣引起精神疾病發作的？答案看起來似乎不難。我們走路的時候，雙腳的移動會刺激下肢的感覺受器，使腦細胞活動增強。穿上有跟鞋會降低小腿及足部肌肉的伸長收縮（注），下肢感覺受器受到的刺激也會減少，間接影響到腦中的多巴胺系統。這一點與精神分裂症患者的腦子要比正常人的腦子有更多的多巴胺，若合符節。研究報告還說，這個理論也與以電流刺激精神分裂病人腦中某些部位，可增進病人功能的發現相符。

注：所謂「伸長收縮」（lengthening contraction），是指肌肉收縮時，同時受到外力的拉長，好比蹲下時，大腿前方及小腿肚肌肉的反應。

氟化物讓牙齒變得不整齊

爲了預防蛀牙，在飲水及牙膏當中添加氟化物的做法，已行之有年，但批評的聲浪一直也沒少過。許多研究確實指出氟化物對牙齒健康有好處，但過量的氟化物也可能讓牙齒變黃、琺瑯質出現白斑、凹痕或雜斑。更引人爭議的，是有研究宣稱氟化物與骨質疏鬆症有關。

根據澳洲研究員菲利普・薩頓的研究，氟化物還可能與另一件事有關，也就是齒列不整的問題。薩頓說，氟化物會破壞發育中固定牙齒的齒槽骨，造成過於擁擠而歪斜的牙齒，以及其他的牙齒問題。

想要牙齒長得直又正，必須先要有正常發育的齒槽骨。齒槽骨健康的必要條件之一，與其他骨骼一樣，取決於兩種細胞的合作無間：造骨細胞及破骨細胞；前者負責生成新組織，後者負責除去老舊組織。薩頓認爲氟化物對這兩種細胞都有害。過量的氟化物會造成骨骼出現氟中毒問題，可能干擾骨骼的生長，如果齒槽骨未能長成應有的形狀與大小，牙齒就有可能變得過度擁擠。

薩頓的研究報告指出，因嚴重氟中毒造成骨骼畸形的人（包括十歲以下的小孩）經常飲用的水裡，氟化物含量可能低至每公升僅含三・五毫克。報告中還引用了其他報導，指出我們環境中氟化物的含量比以前增加了不少，包括飲水、食物以及大氣當中的氟化物，使得進入人體的氟化物更多了。

報告的結論是：「齒列不整的問題，可能是由攝入體內的氟化物增多所造成；而人爲在飲水當中添加氟化物，是主要的因素。從一些孩童身上可以看到牙齒出現氟中毒的問題，顯示從各種管道進入身體的氟化物，已經多到能影響發育中的牙齒；這時不管哪個年齡層的孩童，體內的造骨細胞與破骨細胞都有可能受到損害，而攪亂了骨骼的正常代謝，特別是支撐牙齒的齒槽骨。」

氟化物的是與非

飲水中加氟化物可防止蛀牙，是 20 世紀初美國牙醫馬凱的意外發現，他發現出生在美國科羅拉多州溫泉市的兒童，牙齒會出現斑點，但卻不容易有蛀牙。過了好多年，他才明白那是該地水源含有高劑量的天然氟化物所致。氟化物會在牙齒表面形成氟磷灰石結晶，使得牙釉質對於細菌分泌的酸具有較強的抵抗力，於是有人想到在自來水中加氟，可能防止蛀牙。這種做法自 1945 年起從美國密西根大湍市開始使用後，已普及至全球許多國家（目前台灣自來水並未加氟），但反對的聲浪也一直不停。一方面，反對者認爲這種強迫服藥的做法，侵犯公民自主；再者，過多的氟化物還可能增加某些健康風險，包括骨癌以及腦與甲狀腺的損傷等。由於氟化物的安全劑量以及實際服用量不容易確定，因此這種爭議目前仍未得到解決。

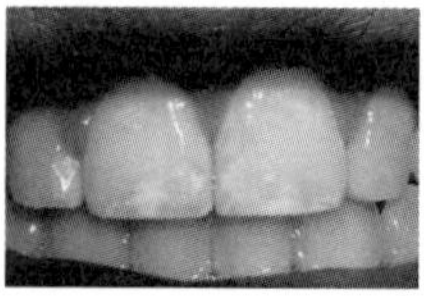

輕微氟中毒的牙齒

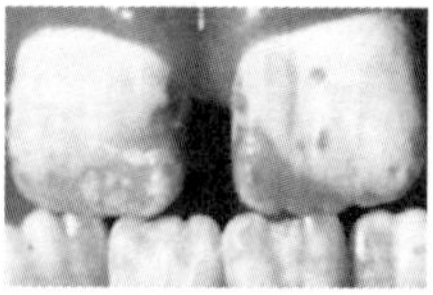

嚴重氟中毒的牙齒

下雨天容易引起血凝塊

專科醫師在分析病人的電腦斷層掃描圖以及病例報告時，發現了一個有趣的現象：他們比較了病人入院的日期與當日天氣，發現下雨天以及蒸氣壓（濕度的測量值）較高的天氣，病人入院率比平日高出許多。

這些病人都是因爲肺栓塞而住院的。肺栓塞就是肺臟裡頭的動脈血管遭到阻塞，通常是由於身體其他地方（以小腿居多）形成的一個或多個血凝塊，隨著血液循環流到肺部所致。這是醫院內病人的重要死因之一，特別是那些剛動過手術的病人；此外，經過長途飛行的旅客，風險也比較高。

至於困擾研究人員好一陣子的問題，在於大多數病例雖然都有明確的發病原因，但血栓與肺栓塞的發病，似乎卻有季節性的變化。一般認爲問題出在冷天氣或高氣壓，前者會造成血流遲緩；後者則擠壓血管、降低血流。

英國基爾德福皇家索立郡醫院的研究人員指出，要急診部預測哪一天會有多少肺栓塞病人緊急送院，是不可能的事。有時一天可以出現許多病例，有時一連好幾天、甚至好幾星期一個病例也沒有。不過急診部裡有這樣的傳言：每當天氣變壞或下雨時，栓塞的病例似乎特別多。

當有病人因疑似栓塞住進醫院，醫護人員都會先把病人送往核子醫學部門做肺部掃描。為了想看看急診部的傳言有幾分眞實，索立郡醫院的研究團隊把六年來超過三百張的肺部掃描圖取出分析。他們把每個月的掃描總數，與醫院附近一所氣象站的每月氣象資料做一比對；這些氣象資料包括溫度、濕度、蒸氣壓、氣壓以及降雨量。

結果讓人驚訝：冬季月份雖然常有急遽的氣壓改變，但對肺栓塞住院人數沒有什麼影響，濕度與溫度的作用也不大，只有蒸氣壓及下雨天與住院人數有關。下雨與水蒸氣的共同點，是都會把水分子添加到空氣當中；水蒸氣進入大氣，是經由海洋、湖泊、潮濕的道路以及植被的水分蒸發作用。

有沒有可能說，空氣中的水分攜帶了什麼東西，而增加了潮濕天氣的發病風險？根據索立郡醫院提出的理論，罪魁可能是水分子當中攜帶的汙染物質，有栓塞風險的人把這些水分子攜帶的汙染物質吸入肺臟，就可能加速凝血的產生。

研究人員的結論是：「飄浮在空氣裡的蒸氣微粒，可能含有柴油或飛機廢氣粒子這類汙染物；置身這種汙染空氣或位於下風處的人，會把受汙染的蒸氣微粒吸進肺裡，加速了血液凝結的系列反應。在高蒸氣壓的情況下，就會導致血栓形成，使肺栓塞發病率增加。如果再加上病人的健康情況不佳，或是長途飛行缺乏活動，血栓以及隨之而來的肺栓塞風險就有可能大幅增加。」

氣候變遷是糖尿病的起源

大約一萬四千年前，北歐的天氣變得很冷。在這之前，由於冰河時期漸漸遠去，地球變得越來越暖和，植物與野生動物也逐漸往北方遷移，到達不列顛群島、北歐以及更北的地區。然而，冰河又再度返回，這段稱為「新仙女木期」（Younger Dryas）的小冰河時期，持續了超過一千五百年。這段期間天氣變得很冷，甚至愛爾蘭南邊都看得到冰河，冰河最南可達英格蘭西南邊的威特郡，至於蘇格蘭的格拉斯哥一帶，則埋在巨大的冰帽之下。

這種氣溫遽變，對於成長中的野生動物及植物傷害極大，對於剛遷入這塊溫暖、肥沃新天地的人類來說，也是一樣。研究顯示，遠古北歐的人口在一萬四千年前曾到達一個高峰，但在小冰河時期來臨後又急速下降，無論北歐或西歐的人口都降到最低點，因為許多人不是凍死，就是往南遷移到更溫暖的地方。一直要到一萬一千年前氣候開始回溫，人口才又漸漸多起來。

由於氣溫的下降幅度是如此之大，來得又是如此之快，以演化的術語來說，生物的存活應該會遭受強大的選擇壓力。換句話說，擁有在酷寒下占優勢的基因或特徵的個體，會有較大的生存、交配以及繁衍機會，由他們所生下的下一代，也會擁有同樣的基因優勢。這個古老的基因優勢如今應該仍然存在，問題是：那是什麼基因呢？根據美國紐約西奈山醫學院以及加拿大多倫多大學的研究，在當時給人類提供保護作用的，是第一型糖尿病，又稱爲「胰島素倚賴型糖尿病」或「青年型糖尿病」。這種糖尿病是身體製造的胰島素不足或完全沒有所造成，通常在生命早期就發作，發病原因至今仍不清楚，但遺傳基因與環境因子的組合，是公認最有可能的病因。胰島素是對生存極爲重要的荷爾蒙，要是少了它，血糖濃度將會上升至危險的程度。

第一型糖尿病有諸多讓人困惑的現象，其中之一是病例在全球的分布很不平均：北歐地區的發病率非常高，非洲及亞洲的病例相對就少得多。還有研究指出，糖尿病的初次診斷，最常發生在冬季。

西奈山醫學院及多倫多大學的研究人員說：「這些耐人尋味的觀察結果，指向一個可能：寒冷天氣活化或調升了人體當中一或多個代謝途徑，這在耐寒動物身上並非罕見；而這種代謝途徑就是第一型糖尿病的起源。」研究人員認爲，血中葡萄糖以及其他醣類的濃度增高，可能有充當血液防凍劑的作用，以降低體液的冰點，避免致命的冰晶在細胞裡形成，因而增進在酷寒下的存活率。

第一型糖尿病可以成爲一種生物適應的方式，是因爲當時人類的壽命不長，約莫只有二十五歲左右；而且那時眼前還有更大的威脅，因此某些具有短期、而非長期保護作用的特徵，就得以通過天擇的考驗。但時至今日，人類的壽命預期要長得多，糖尿病也就從一項具有生存優勢的特徵，變成了一種疾病。

研究人員指出：「這種防凍適應機制曾經保護了北歐人的祖先，讓他們在一萬四千年前到新仙女木期間突然變得越來越冷的氣候中存活下來。在人類預期壽命很短的年代裡，促使第一型糖尿病發作的因子，反而提供了存活下來的優勢。」他們的結論是：「第一型糖尿病是為了適應寒冷環境而演化出來的防凍適應機制，這個假說相當具有說服力，它不但解釋了這種疾病在某些族群當中的特殊盛行率，同時也是人類從古至今不斷受到環境形塑的又一個例證。」

看電視會讓人老年失智

過去半個世紀以來，看電視的人口大幅增加；同樣在這段時間內，失智症患者的增加速率也讓人心驚。兩者之間究竟是巧合、還是有所關聯？不管怎麼說，如今大多數診斷出患了失智症的病人，有大半輩子每天都會看上好幾個小時的電視。

關於電視機所產生的磁場、輻射以及其他作用對健康可能有害的說法，我們已經聽過很多，但這回不一樣，危險並非來自電視器材本身，而是電視節目的內容，以及這些內容對人心理和精神的影響。

失智症是日益加劇的健康問題，六十五歲以上的人當中，每五十位就有一位失智症患者，八十歲以上的人則每五位就有一位。阿茲海默氏症是最常見的一種老人失智症，迄今還找不到哪個單一因子，是造成這種病症的原因。年齡、遺傳基因、環境因子、飲食與整體健康狀況，都是曾經探討過的可能因子。

根據以色列特拉維夫大學的一項研究，電視有兩個問題讓人懷疑它與失智症有關：第一，看電視是被動行爲，通常不需要用什麼大腦；其次，電視的內容大多讓人緊張。研究人員認爲，這兩種作用都可能促進失智症的發生。

有研究顯示，教育程度較高以及從事刺激思考的工作或活動的族群，罹患失智症的風險較低。這個現象有一種解釋：「用進廢退」的理論適用於大腦與失智症。換句話說，心智活躍以及經常用腦的人，較少受到失智症影響，或是受老化的影響較爲緩慢，因此較不可能發病。例如以色列的猶太法典學者當中，罹患失智症的人十分罕見。

反之，看電視屬於被動的活動，對智力沒有多少挑戰；同時，那也是大多數老人一生當中接觸最多的活動。

看電視還會給人帶來壓力。研究人員指出，美國小孩在小學畢業時，會從電視節目裡看過八千件謀殺案，以及十萬次暴力行爲。二十四小時不停播放的新聞節目迅速竄紅，代表著會有更多充滿壓力的事件更頻繁地出現在電視節目中，包括各種天災人禍、戰爭以及恐怖行動等，同時看到的人也會更多。

根據這項研究，從電視裡目睹悲慘或嚇人的眞實生活，產生的壓力要比其他媒體更爲強烈，因爲那是從視覺傳達的眞實影像，同時看電視的人也沒有什麼管道可釋放這種壓力。研究人員認爲，這種壓力會損害海馬部位的神經細胞，那是腦中負責記憶的區域；而阿茲海默氏症病人的腦中，就可看到類似的傷害。

研究人員建議，失智症病人初診時，醫生應該在病歷上註明病人的看電視習慣。「想想看，現在的人有許多看電視已經看了幾十年，平均一天看上四小時或更長時間的人，也不算少見。在這些長期、習慣性的電視觀眾身上，日積月累的壓力所造成的傷害，很有可能擴大了失智的風險。」

老年失智症

人上了年紀，記憶、判斷力及抽象思考能力等認知功能逐漸退化，是正常的老化現象，但失智症（俗稱癡呆症）的退化卻遠遠超出正常老化的幅度，病情發展到最後階段，心智功力會完全喪失。

失智症有多種不同類型，但不外乎由於各種外傷或內在病變，傷害到神經細胞，而影響到腦部功能所致。如今最常見、也研究最多的失智症，是 20 世紀初由德國醫生阿茲海默在一位年方 51 歲的婦女身上發現的，肇因很可能是由於神經細胞中某些蛋白質的代謝失常，造成病人腦中出現微小的斑塊及纖維糾纏，而影響到神經功能；這種失智症就稱作阿茲海默氏症。 60 歲以前出現阿茲海默氏症的稱爲早發性，受家族遺傳的影響高，較爲罕見； 60 歲以後的則稱晚發性，比較常見。

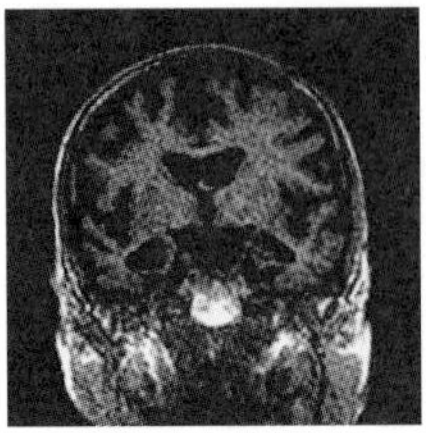

受阿茲海默氏症影響的大腦

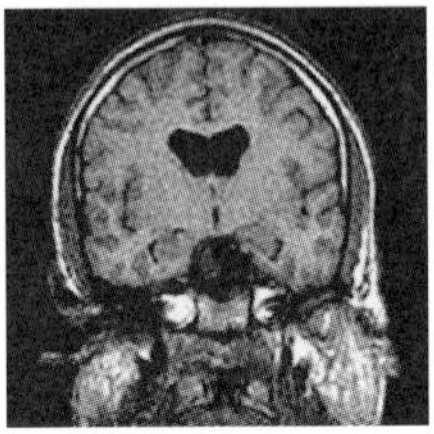

正常老化的大腦

壓力會嚴重損害你的牙齒

中太平洋巴納巴島上的居民，每年會有一次例行的牙醫出診。在最近一次的出診中，牙醫師發現一個奇特的現象：之前的六次出診總共治療了六百三十五位成年病人，其中只有十四個急性蛀牙的病例，發病率是二．二％；但最近這回出診，需要特別治療的蛀牙病例上升到四十四件，同時整個族群的牙病盛行率增加了將近十倍，到達十九．七％。在這段期間，島民的飲食或生活習慣並沒有明顯的改變，年齡分布也沒有大幅的變更，這種現象究竟是什麼造成的呢？

經調查後發現，在牙醫師最近這次出診的前三個月，島民得到消息，島上的磷礦石幾乎快開採完了，受僱於磷礦業的男性島民將面臨失業，並遭遣返他們原本居住的島嶼。對於遣返的消息，島上的女性及年輕未婚男性似乎要比年長男性更能接受，也更平心靜氣。年長男性多數都在島上住了好些年，已經習慣了島上的生活與工作帶來的諸多好處。

這種態度上的差異，也反映在急性蛀牙的盛行率上。年齡超過三十五歲的男性是因遣散感受到最大壓力的一群，他們當中蛀牙的盛行率是三十九％，遠遠高過女性及年輕男子當中的盛行率。

進一步的研究揭露了壓力與急性蛀牙之間的關聯。有一項研究發現，接受抑鬱症治療的人有較多蛀牙的情形；同時在澳洲墨爾本的一間牙醫診所，也趁成人每半年一次的例行牙齒檢查進行了一次小型研究，結果有六位病人出現急性蛀牙，其中五位先前都經歷過一段嚴重的精神壓力期。接下來又有一項規模大得多的研究，追蹤了一千三百三十九位病人的資料，得出的結果也極爲類似。在這兩項研究當中，壓力與急性蛀牙之間在統計上都有非常顯著的關聯。

壓力究竟是如何造成這樣的效果，目前還不清楚，不過有一個理論是說與免疫系統有關。某些研究顯示，在抑鬱及遭受壓力的病人身上，天生殺手細胞的活性比正常值來得低，因此也就比較不可能對造成蛀牙的細菌展開強力攻擊。

研究人員說：「目前看來，急性蛀牙的發生可能與免疫系統失常有關。來自〔巴納巴島上〕密克羅尼西亞人及玻里尼西亞人的資料，具有相當的意義，因爲他們屬於樂天知命的民族，從他們身上可以看到，壓力與急性蛀牙的關聯並不局限於歐裔血統，而適用於所有族群。」

乳膠手套可引起氣喘

這聽起來似乎難以讓人置信，但有沒有可能說，最先托住新生兒的手，卻是造成全球性氣喘流行的根源？或者說在助產士、護士以及醫生開始大幅使用沾粉乳膠手套的同時，全球氣喘、過敏以及濕疹等病例也出現暴增，這兩者之間就只是巧合而已？

根據研究人員珍妮佛・沃斯的說法，現今的小孩每五個當中就有一個在童年時期患有氣喘或濕疹，還有許多新生兒不是一生下來就有這兩種毛病，就是在出生後幾天內發病。

雖然醫學界投入了大量的金錢與人力研究這個問題，同時做過研究的可能病因也有數百個，包括塵蟎、牛奶、小麥、花粉以及寵物等，但還是沒有人能夠解釋，爲什麼這些孩童時期的疾病會變得那麼多。

到目前爲止，也還沒有人把矛頭指向乳膠手套。事實上，沃斯指出，在她檢查過的七百多篇有關乳膠過敏的論文中，沒有一篇提到新生兒接觸乳膠的問題，大家都把乳膠過敏看成純粹是成年人的職業病。

天然的乳膠來自巴西橡膠樹（*Hevea brasiliensis*），其中含有許多成分，有些是強效的過敏原。根據沃斯的報告，雖說醫學界使用以橡膠製成的手術用手套，已有近一百年的歷史，但早期的製造方式比現在簡單得多，製程包括以高溫煮沸乳膠，大多數可能造成過敏的天然蛋白質就會在高溫下受到破壞。這些早期的橡膠手套沒有事先沾粉，大多數在英國及歐洲製造。到了一九七〇年代，也就是氣喘及過敏病例大幅上升之前不久，乳膠手套的製作方式有了改變，也就是在生乳膠中加入某些化學物質，以加速製作過程。因此，手術手套變得便宜、隨用即丟，同時事先還沾上了粉。至於添加的化學物質，由於專利保護的緣故，有許多都不爲外人所知。

沃斯的報告指出，新生嬰兒應該盡量避免接觸過敏原及化學物質，然而如今在醫院產房出生的新生兒，在出生那一刻就因助產士及醫生戴了沾粉乳膠手套，而接觸到乳膠及化學物質。這些化學物質也會逸入空氣當中，因此產房裡可能飄浮著帶有乳膠的澱粉微粒，使得新生兒在吸入第一口空氣時就吸進了體內。沃斯認爲，這樣的接觸可能就是導致後來出現過敏反應以及氣喘的致敏事件。

報告中還說：「種種跡象都與本研究所提出的假說相符：新生兒出生時接觸了助產人員手術手套上的乳膠，有可能是重要的致敏事件。醫學界使用事先沾了粉的乳膠手套，已有三十五年之久，一整個世代的人出生時都接觸了這種手套，許多孩童很有可能因此出現敏感化。」

〔尾聲〕

腎臟爆炸、有毒吉他，說不完的假說……

當然，假說並不會只有這些。

還有更多、更多的假說，來自大批的科學家、醫生、研究人員以及熱心人士，以他們自由奔放的原創思想，鍥而不捨地探討所有的一切。《醫學假說》期刊社也從不打烊。就在此時此刻，世界上的某個角落裡，某人正在他的實驗室、辦公室、書房或是花棚下，爲他的新理論打磨，給即將投給《醫學假說》的稿子做最後的潤色。

哪一些會得以發表？哪一些又會成爲下一個造成轟動的理論？

好吧，我就透露一二。即將發表的新研究裡，有一則是說，長途飛行可能會讓人腎臟爆裂；似乎升高的氣壓有可能導致腎臟某些部位自發性破裂。

另一則理論是說，彈吉他可能有礙健康。倒不是因爲樂聲音量過高，而是由於彈撥吉他和弦時，會釋放出的鎳金屬元素。根據這個理論，激烈彈奏的吉他手四周會圍繞著一圈肉眼幾乎不可見的鎳粉，這可能就是氣喘發病率較高的根由。

還有的理論如下：性向是由胎兒的免疫系統決定的、闌尾其實是腦子的一部分，以及吃明蝦會得大腸癌。另外還有人說，不幸失去一個睪丸的男子，可能會因爲荷爾蒙的變化，而變成很好的運動員。

也有研究人員探討了包皮的起源與目的、解開了睡眠的一些謎題、找出女性分娩時必須受產痛所苦的演化根由，以及解釋了爲什麼失智症患者還會記得他們心愛的曲調。

然後，還有愛滋病的根治之道……不過那又是另一個故事了。

參考書目

幻聽可能救你一命
R. S. Bobrow, "Paranormal phenomena in the medical literature sufficient smoke to warrant a search for fire", Volume 60, pp. 864-8.

神總在高山上顯靈
S. Arzy, M. Idel, T. Landis and O. Blanke, "Why revelations have occurred on mountains. Linking mystical experiences and cognitive neuroscience", Volume 65, pp. 841-5.

胖子眞的比較快樂
K. A. Oinonen, and D. Mazmanian, "Does body fat protect against negative moods in women?", Volume 57, pp. 387-8.

噩夢是會害死人的
R. B. Melles and B. Katz, "Night terrors and sudden unexplained nocturnal death", Volume 26, pp. 149-54.

胎記是轉世的證據
I. Stevenson, "The phenomenon of claimed memories of previous lives: possible interpretations and importance", Volume 54, pp. 652-9.

全球暖化降低生育力
H. Fisch, H. F. Andrews, K. S. Fisch, R. Golden, G. Liberson and C. A. Olsson, "The relationship of long-term global temperature change and human fertility", Volume 61, pp. 21-8.

淋浴對大腦有害
R. J. F. Elsner, and J. G. Spangler, "Neurotoxicity of inhaled manganese: Public health danger in the shower?", Volume 65, pp. 607-16.

矮子拯救世界
T. T. Samaras and L. H. Storms, "Secular growth and its harmful ramifications", Volume 58, pp. 93-112.

預知你的大去之日
S. Sri Kantha, "Total immediate ancestral longevity (TIAL) score as a longevity indicator: an analysis on Einstein and three of his scientist peers", Volume 56, pp. 519-22.

時差引發精神病
G. Katz, R. Durst, Y. Zislin, Y. Barel and H. Y. Knobler, "Psychiatric aspects of jet lag: review and hypothesis", Volume 56, pp. 20-23.

人體爲何不是毛茸茸的
J. R. Harris, "Parental selection: A third selection process in the evolution of human hairlessness and skin colour", Volume 66, pp. 1053-9.

耳屎的用處
M. J. B. Verhaegen, "The aquatic ape theory and some common diseases", Volume 24, pp. 293-9.

近視的人比較聰明
M. W. M. Mak, T. S. Kwan, K. H. Cheng, R. T. F. Chan and S. L. Ho, "Myopia as a latent phenotype of a pleiotropic gene positively selected for facilitating neurocognitive development, and

the effects of environmental factors in its expression", Volume 66, pp. 1209-15.

爲什麼要有下巴
I. Ichim, J. Kieser and M. Swain, "Tongue contractions during speech may have led to the development of the bony geometry of the chin following the evolution of human language - A mechanobiological hypothesis for the development of the human chin", Volume 69, pp. 20-24.

幽默感有利人類存活
N. E. Howe, "The origin of humour", Volume 59, pp. 252-4.

嬰兒愛吮吸是爲了避免氣喘
D. M. T. Fessler and E. T. Abrams, "Infant mouthing behaviour: the immunocalibration hypothesis", Volume 63, pp. 925-32.

啤酒肚可以保護老男人
P. Vardi and O. Pinhas-Hamiel, "The young hunter hypothesis: age-related weight gain - a tribute to the thrifty theories", Volume 55, pp. 521-3.

冬泳者爲何不會發抖
T. M. and M. T. Kolettis, "Winter swimming: healthy or hazardous? Evidence and hypotheses", Volume 61, pp. 654-6.

手指長短可預知疾病
J. T. Manning and P. E. Bundred, "The ratio of 2nd to 4th digit length: A new predictor of disease predisposition?", Volume 54, pp. 855-7.

關節炎是擁有強壯祖先的代價
J. L. Mobley, "Is rheumatoid arthritis a consequence of natural selection for enhanced tuberculosis resistance?", Volume 62, pp. 839-43.

感到噁心是健康的
M. Rubio-Godoy, R. Aunger and V. Curtis, "Serotonin - A link between disgust and immunity?", Volume 68, pp. 61-6.

反社會病態是必要之惡
D. Miric, A-M. Hallet-Mathieu and G. Amar, "Aetiology of antisocial personality disorder: Benefits for society from an evolutionary standpoint", Volume 65, pp. 655-70.

纖維囊腫是黑死病的遺跡
W. F. Cassano, "Cystic fibrosis and the plague", Volume 18, pp. 51-2.

現代馬桶有害人腿
S. J. Sontag and J. N. Wanner, "The cause of leg cramps and knee pains: A hypothesis and effective treatment", Volume 25, pp. 35-41.

伊莉莎白女王一世其實是半個男人
R. Bakan, "Queen Elizabeth I: A case of testicular feminization?", Volume 17, pp. 277-84.

精神分裂症改變了英國歷史走向
N. Bark, "Did schizophrenia change the course of English history? The mental illness of Henry VI", Volume 59, pp. 416-21.

自燃現象解開歷史謎團
J. D. B. Clarkson, "A possible origin for the Turin shroud image", Volume 12, pp. 11-16.

濃煙讓尼安德塔人走上絕路
F. C. Størmer and I. Mysterud, "Cave smoke: Air pollution poisoning involved in Neanderthal

extinction?", Volume 68, pp. 723-4.

英國怪病其實是炭疽症
E. McSweegan, "Anthrax and the aetiology of the English Sweating Sickness", Volume 62, pp. 155-7.

多吃鯡魚不得心臟病
G. P. Walsh, "The history of the herring and with its decline the significance to health", Volume 20, pp. 133-7.

波灣戰爭症候群原來是對牛肉過敏
D. H. Hollander, "Beef allergy and the Persian Gulf syndrome", Volume 45, pp. 221-2.

前人生火，後人免得肺癌
S. M. Platek, G. G. Gallup and B. D. Fryer, "The fireside hypothesis: was there differential selection to tolerate air pollution during human evolution?", Volume 58, pp. 1-5.

火藥害死諾貝爾
S. Sri Kantha. "Could nitroglycerine poisoning be the cause of Alfred Nobel's anginal pains and premature death?", Volume 49, pp. 303-6.

爲什麼女人會叫床
T. Passie, U. Hartmann, U. Schneider and H. M. Emrich, "On the function of groaning and hyperventilation during sexual intercourse: intensification of sexual experience by altering brain metabolism through hippomania", Volume 60, pp. 660-63.

男人不舉之必要
O. N. Gofrit, "The evolutionary role of erectile dysfunction", Volume 67, pp. 1245-9.

懷孕中性行爲可引起高血壓
G. F. Marx, S. H. Naushaba and H. Schulman, "Is pre-eclampsia a disease of the sexually active gravida?", Volume 7, pp. 1397-9.

輸精管結紮後較不易得攝護腺癌
A. R. Sheth and G. T. Panse, "Can vasectomy reduce the incidence of prostatic tumour?", Volume 8, pp. 237-41.

單相思的解藥
M. M. Shoja, R. S. Tubbs and K. Ansarin, "A cure for infatuation? The potential 'therapeutic' role of pineal gland products such as melatonin and vasotocin in attenuating romantic love", Volume 68, pp. 1172-3.

冬季抑鬱讓人「性」趣缺缺
J. M. Eagles, "Seasonal affective disorder: a vestigial evolutionary advantage?", Volume 63, pp. 767-72.

男士都愛金髮女郎
V. S. Ramachandran, "Why do gentlemen prefer blondes?", Volume 48, pp. 19-20.

家中氣味讓女孩轉大人
J. Burger and M. Gochfeld, "A hypothesis on the role of pheromones on age of menarche", Volume 17, pp. 39-46.

產後憂鬱是因爲缺少性生活
P. G. Ney, "The intravaginal absorption of male generated hormones and their possible effect on female behaviour", Volume 20, pp. 221-31.

牙周病造成新生兒體重不足
X. Xiong, P. Buekens, S. Vastardis and T. Wu, "Periodontal disease as one possible explanation for the Mexican paradox",Volume 67, pp. 1348-54.

保險套會增加罹患乳癌風險
A. N. Gjorgov, "Barrier contraceptive practice and male infertility as related factors to breast cancer in married women", Volume 4, pp. 79-88.

日頭炎炎讓人變暴力
G. Schreiber, S. Avissar, Z. Tzahor, I. Barak-glantz and N. Grisaru, "Photoperiodicity and annual rhythms of wars and violent crimes", Volume 48, pp. 89-96.

太陽會讓人精神分裂
R. C. Richardson-Andrews, "Sunspots and the recency theory of schizophrenia", Volume 44, pp. 16-19.

人的壽命由太陽決定
G. E. Davis and W. E. Lowell, "Solar cycles and their relationship to human disease and adaptability", Volume 67, pp. 447-61.

流感大流行會受太陽影響
J. W. K. Yeung, "A hypothesis: Sunspot cycles may detect pandemic influenza A in 1700-2000 AD", Volume 67, pp. 1016-22.

痛風發作是由月亮引起的
M. Mikulecky and J. Rovensky, "Gout attacks and lunar cycle", Volume 55, pp. 24-5.

胸痛是由月亮造成的
M. Sok, M. Mikulecky and J. Erzen, "Onset of spontaneous pneumothorax and the synodic lunar cycle", Volume 57, pp. 638-41.

天氣如何影響情緒
L. Sher, "Effects of the weather conditions on mood and behaviour: The role of acupuncture points", Volume 46, pp. 19-20.

爲什麼格陵蘭人較少得癌症
T. C. Erren and C. Piekarski, "Does winter darkness in the Arctic protect against cancer? The melatonin hypothesis revisited", Volume 53, pp. 1-5.

夜間燈光會致癌
S. M. Pauley, "Lighting for the human circadian clock: recent research indicates that lighting has become a public health issue", Volume 63, pp. 588-96.

養狗婦女易得乳癌
B. Laumbacher, B. Fellerhoff, B. Herzberger and R. Wank, "Do dogs harbour risk factors for human breast cancer?", Volume 67, pp. 21-6.

電動打字機可致乳癌
S. Milham and E. Ossiander, "Electric typewriter exposure and increased female breast cancer mortality in typists", Volume 68, pp. 450-51

多毛的人較少得癌症
S. V. Komarova, "A moat around castle walls: The role of axillary and facial hair in lymph node protection from mutagenic factors", Volume 67, pp. 698-701.

戒菸過急可能引發肺癌

A. Kumar, K. Mallya and J. Kumar, "Are lung cancers triggered by stopping smoking?", Volume 68, pp. 1176-7.

癌症最好是在夏天診斷出來
A. Hykkerud Steindal, A. C. Porojnicu and J. Moan, "Is the seasonal variation in cancer prognosis caused by sun-induced folate degradation?", Volume 69, pp. 182-5.

膚色與乳癌
J. T. Manning and N. Caswell, "Constitutive skin pigmentation: a marker of breast cancer risk?", Volume 63, pp. 787-9.

髮膠可致乳癌
M. Donovan, C. M. Tiwary, D. Axelrod, A. J. Sasco, L. Jones, R. Hajek, E. Sauber, J. Kuo and D. L. Davis, "Personal care products that contain estrogens or xenoestrogens may increase breast cancer risk", Volume 68, pp. 756-66.

便祕新療法
S. S. Hoseini and S. Gharibzadeh, "Squeezing the glans penis: A possible manoeuvre for improving the defecation process and preventing constipation", Volume 68, pp. 925-6.

腰果治牙痛
C. Weber, "Eliminate infection (abscess) in teeth with cashew nuts", Volume 65, p. 1200.

皮鞋可以治病
A. A. Robinson, "Electrolysis between the feet and the ground and its probable health effects", Volume 5, pp. 1071-7.

治打嗝妙方
A. Kumar, "Gag reflex for arrest of hiccups", Volume 65, p. 1206.

一天哼一百二十次能治好鼻塞
G. A. Eby, "Strong humming for one hour daily to terminate chronic rhinosinusitis in four days: A case report and hypothesis for action by stimulation of endogenous nasal nitric oxide production", Volume 66, pp. 851-4.

磁鐵能讓你變高
J. and A. Kumar, "Sustained repulsive magnetic force for bone lengthening", Volume 65, p. 630.

喝水可降低心臟病風險
R. K. Mathur, "The role of hypersomolal food in the development of atherosclerosis", Volume 64, pp. 579-81

治百病的方子
H. Dehmelt. "Healthiest diet hypothesis: how to cure most diseases?", Volume 64, p. 882.

死亡也可以治療
C. B. Olson, "A possible cure for death", Volume 26, pp. 77-84.

養寵物預防心臟病
G. J. Patronek and L. T. Glickman, "Pet ownership protects against the risks and consequences of coronary heart disease", Volume 40, pp. 245-9.

搭電梯讓孕婦自然生產
B. Sabayan, A. Zolghadrasli and N. Mahmoudian, "Could taking an up-elevator on the way to the delivery room be a potential novel therapy for dystocia?", Volume 68, p. 227.

海藻可預防愛滋病

J. Teas, J. R. Hebert, J. Helen Fitton and P. V. Zimba, "Algae - a poor man's HAART?", Volume 62, pp. 507-10.

蛔蟲可預防心臟病
E. Magen, G. Borkow, Z. Bentwich, J. Mishal and S. Scharf, "Can worms defend our hearts? Chronic helminthic infections may attenuate the development of cardiovascular diseases", Volume 64, pp. 904-9.

殺人病毒潛藏在冰裡
A. W. Smith, D. E. Skilling, J. D. Castello and S. O. Rogers, "Ice as a reservoir for pathogenic human viruses: specifically, caliciviruses, influenza viruses, and enteroviruses", Volume 63, pp. 560-66.

以車代步讓人得病
A. A. Robinson, "Heart disease, cancer and vehicle travel", Volume 5, pp. 323-8.

冷飲如何預防胃癌
S. Seely, "The recession of gastric cancer and its possible causes", Volume 4, pp. 50-57.

抽菸引起風濕性關節炎
K. M. Fischer, "Hypothesis: Tobacco use is a risk factor in rheumatoid arthritis", Volume 34, pp. 116-17.

氣喘是由住在肺裡的小蟲引起的
H. van Woerden, "Dust mites living in human lungs - the cause of asthma?", Volume 63, pp. 193-7.

殺人爆米花
J. M. Blondell, "Pesticides and breast cancer, popcorn and colorectal cancer: Innovation versus fashion in dietary epidemiology", Volume 12, pp. 191-4.

肉毒桿菌毒素可以瘦身
E. C. H. Lim and R. C. S. Seet, "Botulinum toxin injections to reduce adiposity: Possibility, or fat chance?", Volume 67, pp. 1086-9.

晚上大便有助減肥
N. Ahmad Aziz and M. Ibrahim Aziz, "Losing weight by defecating at night", Volume 67, p. 989.

隔天節食讓你苗條又長壽
J. B. Johnson, D. R. Laub and S. John, "The effect on health of alternate day calorie restriction: Eating less and more than needed on alternate days prolongs life", Volume 67, pp. 209-11.

廚房裡的古柯鹼：食鹽
Y. Tekol, "Salt addiction: A different kind of drug addiction", Volume 67, pp. 1233-4.

爲什麼美國人的頭越來越小（法國人的卻越來越大）
N. Moishezon-Blank, "Commentary on the possible effect of hormones in food on human growth", Volume 38, pp. 273-7.

吃豬肉引起多發性硬化症
A. A. Nanji, and S. Narod, "Multiple sclerosis, latitude and dietary fat: Is pork the missing link?", Volume 20, pp. 279-82.

瘋麵粉症
C. A. Shaw and J. S. Bains, "Did consumption of flour beached by the agene process contribute to the incidence of neurological disease?", Volume 51, pp. 477-81.

牛奶可致癌
D. Ganmaa, X. M. Li, L. Q. Qin, P. Y. Wang, M. Takeda and A. Sato, "The experience of Japan as a clue to the aetiology of testicular and prostatic cancers", Volume 60, pp. 724-30.

狂牛症是老鼠傳給人類的
G. P. Concepcion and E. A. Padlan, "Are humans getting 'mad-cow disease' from eating beef, or something else?", Volume 60, pp. 699-701.

是什麼藥讓憂鬱的小孩變多了
A. Agus, S. Surja and R. S. El-Mallakh, "Fertility and childhood bipolar disorder", in press.

多發性硬化症與家貓
R. D. Cook, "Multiple sclerosis: Is the domestic cat involved?", Volume 7, pp. 147-54.

肥皂引發心臟病
R. H. Cane, "The role of soap and nutrition in producing human diseases", Volume 11, pp. 251-4.

自閉症與都市生活
F. H. Previc, "Prenatal influences on brain dopamine and their relevance to the rising incidence of autism", Volume 68, pp. 46-60.

高壓電線讓人得抑鬱症
D. L. Henshaw, "Does our electricity distribution system pose a serious risk to public health?", Volume 59, pp. 39-51.

高跟鞋是精神病的由來
J. Flensmark, "Is there an association between the use of heeled footwear and schizophrenia?", Volume 63, pp. 740-47.

氟化物讓牙齒變得不整齊
P. R. N. Sutton, "Can water fluoridation increase orthodontic problems?", Volume 26, pp. 63-4.

下雨天容易引起血凝塊
R. Clauss, J. Mayes, P. Hilton and R. Lawrenson, "The influence of weather and environment on pulmonary embolism: pollutants and fossil fuels", Volume 64, pp. 1198-1201.

氣候變遷是糖尿病的起源
S. Moalem, K. B. Storey, M. E. Percy, M. C. Peros and D. P. Perl, "The sweet thing about Type I diabetes: A cryoprotective evolutionary adaptation", Volume 65, pp. 8-16.

看電視會讓人老年失智
M. Aronson, "Does excessive television viewing contribute to the development of dementia?", Volume 41, pp. 465-6.

壓力會嚴重損害你的牙齒
P. R. N. Sutton, "Psychosomatic dental disease: Is mental stress in adults followed by acute dental caries in all racial groups?", Volume 41, pp. 279-81.

乳膠手套可引起氣喘
J. Worth, "Neonatal sensitization to latex", Volume 54, pp. 29-33.

MAGIC 011

INK PUBLISHING

死亡也可以治療

作　　者　羅傑・多布森
譯　　者　潘震澤
總 編 輯　初安民
責任編輯　張紫蘭
視覺設計　劉亭麟
校　　對　吳美滿　張紫蘭

發 行 人　張書銘
出　　版　INK 印刻文學生活雜誌出版有限公司
台北縣中和市中正路 800 號 13 樓之 3
電話：02-22281626
傳真：02-22281598
e-mail : ink.book@msa.hinet.net
網　　址　舒讀網 http://www.sudu.cc

法律顧問　漢廷法律事務所
劉大正律師
總 代 理　展智文化事業股份有限公司
電話：02-22533362 · 22535856
傳真：02-22518350
郵政劃撥　19000691 成陽出版股份有限公司
印　　刷　海王印刷事業股份有限公司

出版日期　2008 年 8 月　初版
ISBN　978-986-6631-23-8

定價　280 元

國家圖書館出版品預行編目資料

死亡也可以治療／羅傑・多布森
(Roger Dobson)著；潘震澤譯. --初版,
--臺北縣中和市：INK 印刻文學, 2008.08
面；　公分（Magic；11）
參考書目：面
譯自：Death Can Be Cured
ISBN 978-986-6631-23-8（平裝）
1. 保健常識　2. 通俗作品
429.07　　97014307

K INK INK INK INK INK INK
NK INK INK INK INK INK IN
K INK INK INK INK INK INK
NK INK INK INK INK INK IN
K INK INK INK INK INK INK
NK INK INK INK INK INK IN
K INK INK INK INK INK INK
NK INK INK INK INK INK IN
K INK INK INK INK INK INK
NK INK INK INK INK INK IN
K INK INK INK INK INK INK
NK INK INK INK INK INK IN
K INK INK INK INK INK INK
NK INK INK INK INK INK IN
K INK INK INK INK INK INK
NK INK INK INK INK INK IN
K INK INK INK INK INK INK
NK INK INK INK INK INK IN
K INK INK INK INK INK INK
NK INK INK INK INK INK IN
K INK INK INK INK INK INK
NK INK INK INK INK INK IN
K INK INK INK INK INK INK
NK INK INK INK INK INK IN